도(道) 물을 것 없네
복밭이나 가꾸게

고승열전 23 고암큰스님

도(道) 물을 것 없네 복밭이나 가꾸게

윤청광 지음

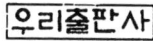

윤 청 광

전남 영암 출생으로 동국대학교에서 영문학을 전공했고, MBC-TV 개국기념작품 공모에 소설 〈末島〉가 당선되었으며, MBC에서 〈오발탄〉〈신문고〉〈세계 속의 한국인〉등을 집필했다. 그 동안 대한출판문화협회 상무이사 · 부회장 · 저작권대책위원장 · 한국방송작가협회 이사 · 감사 · 방송위원회 심의위원을 역임했고, 〈불교신문〉 논설위원을 거쳐 현재 〈법보신문〉 논설위원, 법정스님이 제창한 〈맑고 향기롭게 살아가기 운동〉 본부장, 출판연구소 이사장을 맡아 활동하고 있다. BBS 불교방송을 통해 〈고승열전〉을 장기간 집필했고, ≪불교를 알면 평생이 즐겁다≫ ≪불경과 성경 왜 이렇게 같을까≫ ≪회색 고무신≫ 등의 저서가 있으며, 기업체 · 단체 연수회에 초빙되어 특강을 통해 '더불어 사는 세상'을 가꾸고 있다.

BBS 인기방송프로 고승열전 23 고암큰스님
도(道) 물을 것 없네 복밭이나 가꾸게

2002년 10월 23일 개정판 1쇄 발행
2022년 3월 15일 개정판 2쇄 발행

지은이/윤청광
펴낸이/김동금
펴낸곳/우리출판사
등록/1988년 1월 21일 제9-139호
주소/03746 서울특별시 서대문구 경기대로9길 62
전화/(02)313-5047, 5056
팩스/(02)393-9696
E-mail/woribooks@hanmail.net
www.wooribooks.com

ISBN 89-7561-194-9   03810

책값은 뒷표지에 있습니다.

· 지은이와 협의하여 인지를 붙이지 않습니다.
· 잘못된 책은 본사나 구입하신 서점에서 바꾸어 드립니다.

"만고에 풍월을 아는 자 그 누구던가!
고암을 독대하니 풍월이 만고로다
(萬古風月 知音者誰
古庵獨對 風月萬古)"
스승이신 용성큰스님은 그 자리에서
'고암'이라는 당호를 내려주시며
전법게를 내려주었다.

차례

1
기묘한 인연 / 15

2
구름 가는 대로 물 흐르는 대로 / 27

3
쌀 한 톨에 얽힌 사연 / 39

4
그래서 그 벌레를 어찌했느냐? / 51

5
까만 고무신 한 켤레 / 67

6
흙묻은 신발을 닦는 뜻은 / 79

7
세끼 밥을 한번에 먹으면 탈이 나는 법 / 93

8
법의 문 / 105

9
주인공을 찾아라 / 117

10
식은 밥도 먹어보고 더운 밥도 먹어보고 / 133

11
다만 칼날 위의 길을 갈 뿐입니다 / 149

12
그대는 그동안 누구 밥을 자셨든고? / 165

13
살아있는 자비보살 / 175

14
젊은 수좌들 눈을 틔워주려면 / 191

15
나뭇꾼과 선녀 / 203

16
돌아온 부처님 / 217

17
그러면 자네가 스승하게! / 235

18
속가 인연을 뛰어넘어 / 251

19
자비가 무한하시니 온 세상을 덮으셨네 / 267

자비보살로 중생을 이끄신 선지식

고암큰스님은 19세에 발심 출가하여 쉼없는 정진으로 한국불교 최후의 수행자라는 지칭을 받았습니다.

큰스님의 일생은 천진무구, 무욕청정했으며, 따뜻하고 겸손하고 부드럽고 수월하고 인욕으로 하심(下心)하시고 부지런하고 검소했습니다. 그렇듯 스님은 푸르른 소나무와 맑은 물에 달과 같이 텅빈 가슴으로 중생의 마음을 이끄시고 나라의 평안을 위해 밝은 지혜를 펼치신 대 선지식이었습니다.

스님의 얼굴은 근엄하기보다 천진스러웠고, 아버지와 같은 권위보다는 오히려 자애스런 모성애를 가득 담고 있었습니다. 얽매이지 않은 지극한 자애로 많은 사람들을 감동시키셨습니다.

또한 스님은 크신 덕망으로 조계종의 3, 4, 6대 종정을 역임하시면서 교단의 지도자로서도 그 역량을 십분 발휘하여 불교 발전에 큰 발자국을 남겼습니다.

남북 여러 선원에서 각고 정진하여 조사관을 투탈하신 뒤 여러 선림에서 수많은 납자들의 법안을 열어주신 큰스님의 일대 행장은 후학들의 영원한 본보기로 남을 것입니다.

이제 자비보살로 중생을 이끄신 큰스님의 일생이 책으로 엮어져 출간된다고 하니 반갑기 그지 없으며, 이를 계기로 고암큰스님의 자비보살의 삶과 사상이 널리 선양되어지기를 기대합니다.

불기 2538년 5월
봉안 김 효 경

1
기묘한 인연

1915년 오월 중순.

서울에서 의정부를 가자면 왼편에 우뚝 솟아 있는 도봉산, 그 산자락에 녹음이 짙어가고 있었다. 산 굽이마다 무르익은 봄의 따사로운 기운이 감돌고 있었고, 계곡을 흐르는 맑은 물소리가 청량한 기분을 안겨주었다. 도시 근교의 산치고 이 도봉산만한 산세를 자랑하는 곳도 드물었다.

철 따라 바위도 옷을 갈아입는다는 이 도봉산 만유동 깊은 계곡은 활짝 피어난 철쭉으로 불이라도 질러놓은 듯 환하였다. 산 아래 철쭉은 이미 지기 시작하였으나 만유동 계곡에 면한 철쭉들은 이제부터가 시작인 모양이었다.

진달래가 지고 철쭉꽃이 필 무렵이면 남녘 하늘에서 날아온 뻐꾸기가 유난히 울었다. 보릿고개에 주린 배를 움켜쥐고 구슬픈 뻐꾸기 소리를 들으면 이 뻐꾹뻐꾹 하는 소리가 떡국떡국 하는 소리로 들린다던가.

해가 설핏 기울기 시작하였을 때 이 만유동 계곡을 거슬러 한 노스님이 올라오고 있었다. 별로 서두르는 기색도 없는데 그 걷는 속도가 웬만한 장정보다도 빨랐다. 경사가 급한 가풀막을 가뿐하게 오르는 것이 산길에 여간 익숙한 스님이 아닌 모양이었다.

한참을 오르던 스님은 문득 걸음을 멈추고 뒤를 돌아보았다. 스님은 무엇을 생각하는지 혼자 싱긋이 미소지었다. 땀방울이 촘촘히 맺혀 있는 널찍한 이마에는 두 줄기 긴 주름이 잡혀 있었다.

스님은 평평한 돌짬에 걸터앉아 옷자락으로 이마 위의 땀을 씻으며 계곡 아래 기운차게 흘러내리는 물살을 내려다보았다. 좁은 바위틈을 앞다투어 세차게 쏟아져 내려오는 물줄기는 보기만 해도 절로 가슴이 서늘해지는 광경이었다.

낮으로는 햇살이 제법 따가운 때라 근처 마을 다락원이나 무수울에 사는 사람들은 간혹 수건을 들고 시원한 계곡을 찾기도 하였지만 아직 물놀이는 이른 때였다.

늦봄의 따뜻한 햇빛을 받아 물비늘이 아롱거리는 것을 보고 있던 스님은 인기척 소리에 몸을 벌떡 일으켰다.

조금전 스님이 걸어온 길로 누군가가 가쁘게 숨을 내쉬며 올라

오고 있었다. 스님은 기다렸다는 듯 입가에 장난스런 웃음을 머금으며 길어귀에 선 작살나무 옆에 착 붙어섰다.

잠시 후 빈지게를 짊어진 애띤 얼굴의 소년 하나가 숨이 턱에 닿을 듯이 헉헉대며 비탈길을 올라왔다. 풀섶을 헤치며 올라오느라 바짓가랑이가 축축히 젖어 있었다. 소년은 누군가를 찾기라도 하는 것처럼 사방을 휘휘 둘러보면서 가쁜 숨을 몰아쉬었다.

그때였다.

나무 뒤에 숨어 있던 스님이 불쑥 소년을 가로막았다.

"너 이 녀석!"

"아이쿠!"

소년은 불에 데이기라도 한 듯이 소스라치게 비명을 토해내고는 뒤로 벌렁 주서앉았다.

"엇! 누, 누구요!"

소년은 하얗게 말라붙은 입술을 달싹거리면서 얼떨결에 소리쳤다.

"뭐? 나 이런…… 허허허!"

스님은 그만 어이가 없었다. 빈지게를 짊어진 웬 녀석이 아까부터 졸졸 뒤를 밟기에 한번 혼을 내주려던 참인데, 제가 도리어 혼비백산하여 누구냐고 소리치니 웃지 않을 수가 없었다.

스님은 입귀에 아직 웃음기가 남은 얼굴로 소년에게 되물었다.

"너 이 녀석! 대체 너야말로 누구란 말이던고?"
"저, 저 말씀이옵니까요, 스님?"
"이 산속에 너말고 또 누가 있드냐?"
"아, 예에…… 그렇구만요."
 벌렁거리던 가슴이 조금 진정이 되었는지 소년은 바지에 묻은 흙을 털며 일어났다. 열예닐곱 살이나 먹었을까. 소년의 코밑에는 거뭇한 솜털이 돋아나 있었다.
 스님은 고개를 갸웃거리며 생각에 잠겼다.
 '도대체 이 아이가 왜 내 뒤를 따라왔을까. 설마 이 늙은 걸승의 바랑 안에 든 보리 몇 줌을 탐내지는 않았을 터이고…….'
 노스님은 소년의 얼굴을 찬찬히 뜯어보았다. 입은 옷은 남루하고 초라하여도 막되게 자란 아이같이 보이지는 않았다. 얼굴 윤곽이 부드럽고 눈빛은 선해 보였다. 스님의 시선이 자신의 구석구석을 훑어내리자 부끄러워진 소년은 발개진 얼굴을 푹 수그리고 멋적게 서 있었다.
 이윽고 노스님은 소년에게 말했다.
"너는 대체 뭐하던 녀석이관대 아까부터 내 뒤를 졸졸 따라왔는고?"
"저…… 스, 스님 뒤를 따라온 것은요……."
"어서 말해 보아라. 너 분명 서울 동대문 밖에서부터 내 뒤를 졸

졸 따라왔으렷다?"

"예에. 그런 모양입니다요, 스님."

괴이한 대답이었다. 그런 모양이라니!

그렇다면 소년 자신조차 알 수 없는 어떤 강한 힘에 이끌려 스님을 따라왔다는 말이 아니던가. 저 선한 눈빛의 소년은 무슨 까닭으로 이 노스님의 뒤를 밟았더란 말인가.

"차근차근 말해 보아라. 동대문 밖에서부터 이 도봉산까지 나를 따라왔을 적에는 필시 그만한 까닭이 있을 게 아니더냐?"

"아, 아, 아니옵니다요, 스님."

"어허! 아니긴 이 녀석아. 빈지게까지 짊어진 녀석이 아무 까닭도 없이 예까지 따라왔단 말이냐?"

자신의 행동에 대해서 이렇다 하게 납득할 수 있을 만한 설명을 할 수 없는 소년 자신도 답답하긴 마찬가지였다. 소년은 진땀을 흘리며 더듬더듬 이야기를 시작했다.

"예. 저 사실은요 스님, 저는 땔나무를 해다가 동대문 밖에서 팔아먹고 사는 처지온데 우이동 골짜기로 나무하러 가려던 참이었습니다요."

"아니, 그러면 우이동 골짜기로 갈 것이지 어쩌자고 이 도봉산까지 따라왔단 말이던고?"

"그, 글쎄올습니다요, 스님. 제가 그만 저도 모르게 스님 뒤만 따라오다 보니 여기까지 오고 말았나 봅니다요."
 소년의 진실된 눈빛으로 보아 거짓말을 하는 것 같지는 않았다. 스님은 희끗한 턱수염을 한 손으로 몇 번 쓸어내리더니 돌연 온몸을 들썩들썩 흔들어대며 호탕하게 웃기 시작했다.
 "허허허허……아, 이거 원! 별 녀석을 다 보겠네그려. 얘, 이 녀석아."
 "예, 스님."
 "아니 그래, 아무 까닭도 없이 이 늙은 중의 뒤를 저도 모르게 졸졸 따라왔더란 말이냐?"
 "예. 제가 오늘 또 그랬나봅니다요."
 "또 그랬나보다니! 아니 그러면 이런 일이 그 전에도 또 있었단 말이냐?"
 "예."
 "흐음……."
 스님은 오른손으로 턱을 쓰다듬으면서 다시 생각에 잠겼다. 참으로 희한한 일이었다. 이번 한 번만이 아니라 그 전에도 간혹 이런 일이 있었다면 진정 저 소년은 전생부터 불가와 깊은 인연을 맺어왔던 게 아닐까. 그러길래 자신도 어찌할 수 없는 어떤 강력한 인연의 힘이 이렇듯 소년을 이끄는 것이 아니던가.
 노스님은 새삼스럽게 자기 앞에 조아리고 서 있는 소년을 다시

한번 바라보았다. 비록 나이는 어리지만 소년의 얼굴에는 온화하고 부드러운 기운이 서려 있었다. 스님은 가라앉은 목소리로 입을 열었다.

"너, 이 녀석아."

"예, 스님."

"여기 좀 앉아봐."

스님은 손가락으로 문배나무 밑둥에 수굿이 기대인 거북등같이 넙적한 바위를 가리켰다. 소년은 빈지게를 벗어 세워놓고 스님이 먼저 앉기를 기다렸다가 그 옆에 조심스럽게 쭈그려 앉았다.

"그래, 너 대체 집이 어디더냐?"

"예, 제 본집은 파주 적성입니다요."

"파주 적성이라면, 임진강 가까운 거기란 말이냐?"

"예. 적성면 식현리라고, 거기서 살았습니다요."

"허면 네 이름은 무엇이라 하는고?"

"예, 저 윤지호라고 하옵니다요."

"음…… 그럼 파평 윤씨겠구만……."

"아닙니다요. 파주에서 태어나긴 했지만 파평 윤씨가 아니고 양주 윤가입니다요."

"양주 윤씨?"

"예. 그러하옵니다."

"음. 그러면 지금은 부모님과 함께 살고 있느냐?"

"아, 아닙니다요. 부모님은 돌아가셨습니다요. 고향에는 형님만 두 분이 살고 있습니다요."

"아니! 그러면 너 혼자 서울에 나와서 땔나무를 해다가 팔아먹고 지낸단 말이더냐?"

"예."

어린 소년으로서 고향을 등지고 아는 사람 없는 서울에서 혼자 살아간다는 것은 일제 치하의 당시로선 참으로 어려운 일이었다. 스님은 어린 소년의 각박한 서울살이가 눈에 그려지는 것 같았다.

"허허허! 그 녀석 참. 아니 고향에서 형님들과 농사나 지을 것이지 어쩌자고 혈혈단신 객지에 나와서 고생이란 말이던고?"

그러나 스님의 안쓰러운 마음과는 달리 소년의 대답은 옹골차기 그지없었다.

"제 힘으로 돈을 벌어서 공부를 더 하려고 그럽니다요."

"뭐, 뭣이라고? 공부를 더 하려고 그런다?"

"예."

"아니, 그러면 그동안 공부를 하기는 했드란 말이더냐?"

"예. 서당에서 한문도 배웠구요, 적성에 있는 공립보통학교도 마쳤습니다요."

"허허······그래?"

스님은 감탄스러운 표정으로 소년 윤지호를 응시했다. 역시 이 윤지호라는 소년은 보통 땔나무꾼은 아니었던 모양이다. 어린 나이에 혼자 밥벌이를 하는 것만 해도 대견스런 일인데 공부를 계속하겠다는 마음이 참으로 가상하기 짝이 없었다.

소년은 조용히 저 만유동 계곡을 흐르는 물줄기를 내려다보고 있었다. 아까 정신없이 산을 오를 때 흘렸던 땀이 식어버리자, 양 어깨에 오싹하니 한기가 돌았다. 서편 하늘로 기운 햇빛은 강렬한 기운을 잃고 부드럽게 빛나고 있었다.

멧새 한 마리가 두 사람이 기대어 앉은 나뭇가지를 차고 날아 올랐다. 그 서슬에 문배나무 흰 꽃잎 한 장이 떨어져 내렸다. 꽃잎은 가볍게 날개짓을 하며 허공을 맴돌다가 잠시 멈칫 하더니 곧바로 수직낙하하였다.

꽃잎이 사뿐히 땅에 떨어져 내리는 것을 말없이 지켜보고 있던 두 사람의 시선이 무의식중에 합쳐졌다. 고요한 소년의 눈동자를 바라보며 스님은 미소지었다.

"네 이름이 지호라고 했드냐?"
"예."
"이것 봐라, 지호야."
"예, 스님."

"어차피 오늘 나무 한짐 해가지고 돌아가기는 늦었느니 오늘은 나를 따라가서 저기 저 회룡사에서 자고 땔나무는 내일 일찍 해가지고 가거라."
"스, 스님!"
소년 윤지호는 예상치도 못한 스님의 너그러운 배려에 기뻐서 어쩔 줄을 몰랐다. 사실 오늘 처음 만난 이 생면부지의 노스님에 대해 아는 것이라곤 하나도 없었지만, 몇마디 말을 나눈 것만으로도 아주 친숙하고 편안한 느낌이 드는 것이었다. 윤지호는 기쁨을 숨기지 않으면서 스님께 다시 여쭈었다.
"제가, 정말 스님을 따라가도 괜찮겠습니까?"
"아암! 괜찮고 말고. 자, 어서 따라오너라."
스님은 큰 목소리로 호쾌하게 대꾸하면서 앞장서서 산길을 올라가기 시작했다. 절구경이라고는 난생 처음인 소년 윤지호는 스님의 빠른 걸음을 겨우겨우 쫓아가면서도 연이어 질문을 퍼부었다.
"저, 스님!"
"왜 그러느냐?"
"아, 정말로 절에 가서 먹여주구 재워주구 그러시렵니까?"
"원 녀석! 별 걱정을 다 하는구나. 어서 따라오기나 해라!"
"저 스님!"
"왜 또?"

"절에 가면 저같이 나이 어린 스님들도 있나요?"

"그럼, 있다마다!"

소년 윤지호는 들뜬 마음에 혼자 벙싯거리다가 갑자기 무슨 생각이 들었는지 저만치 앞서가는 스님을 다시 불렀다.

"스니임!"

"허허, 왜 또 그러느냐?"

"스님이 짊어지고 계신 바랑, 이 지게에 얹으십시오. 제가 짊어지고 가겠습니다요. 아, 어서요, 스님!"

"아니다. 생각은 고맙다마는 어서 따라오기나 해라."

스님은 가볍게 손을 저으며 사양하였지만 어린 지호의 마음씀이 기특하기만 하였다. 산길에 익숙치 못한 어린 소년으로서 지게까지 지고가는 마당에 스님의 바랑 걱정까지 해주었으니 말이다.

그러나 이 갸륵한 소년이 훗날 우리나라 불교의 대표적인 종단 조계종의 종정을 세 번이나 지내게 될 줄을 이 스님이 어찌 짐작이나 할 수 있었겠는가.

아무튼 홀홀단신 객지에 나와서 땔나무를 해다 팔아 연명을 하면서도 상급학교에 갈 꿈을 키우고 있었던 소년 윤지호는 참으로 묘한 인연으로 도봉산 산자락에서 이 노스님을 만나 회룡사로 올라가게 되었다.

자, 그러면 이제 우리 고암 대종사께서 과연 어떤 인연으로 출가득도하여 깨달음을 얻고 한국불교의 최고 지도자가 돼서 어떻게 후학들을 가르치고, 어떻게 중생들을 제도하셨는지 더 자세한 내력을 알아보기로 하자.

2
구름 가는 대로 물 흐르는 대로

도봉산 산자락에서 스님을 만나 난생 처음으로 절구경을 하게 된 소년 윤지호에게는 이 회룡사를 둘러싼 고즈넉한 분위기가 신비하게만 느껴졌다.

병풍처럼 산사를 에워싼 봉우리들이 희미한 저녁 안개에 젖어들어 그 봉긋한 자태만을 드러내고 있었다. 대개 커다란 바위로 이루어져 있는 이 도봉산의 봉우리들을 잘 살펴보면 그 모양이 보는 이에 따라 가지각색이었다.

어떤 것은 마악 승천하려는 용의 기세가 느껴지기도 했고, 또 어떤 것은 거북 모양 같기도 하였으나, 달리 보면 돌아앉아 있는 도승 같기도 하고 혹은 합장을 하고 서 있는 관음보살의 모습 같기도 하다는 사람도 있었다.

워낙에 빼어난 산세를 자랑하는 도봉산에는 회룡사 외에도 청룡사, 천축사, 망월사, 원통사, 영국사 등 유서 깊은 사찰이 많다. 그 중에서도 도봉산의 북쪽 기슭에 위치해 있는 회룡사는 옛부터 고승 무학대사와 태조 이성계와의 전설로 유명한 절이었다.

회룡사는 신라 신문왕 원년, 서기 681년에 의상대사가 창건하였는데 처음에는 절의 이름을 법성사라고 했다. 그후 고려 우왕 10년에 무학대사가 이 절을 중창하고 이성계와 함께 경국대업을 위한 기도를 올렸다.

훗날 태조 이성계는 조선조를 창건한 뒤 무학대사를 찾아가 인사를 올렸다. 그때 무학대사는 멀리 한양, 즉 지금의 서울의 산천을 가리키며 이성계에게 '저곳 산천이 공의 발상지요'라고 말해 주었고, 이성계는 그 뜻을 좇아 한양을 도읍으로 정했다.

이 절에서 무학대사의 말을 들은 이성계가 곧바로 한양으로 어가(御駕)를 돌리게 하였다 하여 후세의 사람들이 이를 기념하여 회룡사라고 불렀다고 전해진다.

윤지호는 돌아가신 어머니 품에 다시 안기기라도 한 듯한 푸근함에 젖어 편안한 마음으로 절마당을 거닐었다. 서늘한 초저녁 바람이 불어왔다. 처마 끝에 걸린 풍경이 애잔하게 울었다.

"지호야."

등 뒤에서 부드러운 목소리가 들려왔다. 노스님이었다.

"벌써 오셨습니까요, 스님?"

저녁 공양을 끝낸 후 지호가 묵을 방을 안내해주시고 스님은 혼자 회룡사의 주지스님을 뵙고 나오던 참이었다.

"차 한잔 대접받고 얘기 잘하고 나오는 길이다. 절구경은 많이 했느냐?"

"예. 그런데요, 스님……."

"왜 그러느냐?"

"스님들께서는 절에서 맨날 저렇게 염불만 하십니까요?"

"허허허허. 네가 보기에 스님들은 저렇게 허구헌날 염불만 하고 있는 것처럼 보이드냐?"

"목탁 치면서 시주 얻으러 다니시기도 하시구요."

스님은 소년의 꾸밈없는 대꾸에 파안대소하며 귀여운 듯이 소년을 바라보다가 말했다.

"그래, 출가수행자는 시주도 얻으러 다니고 목탁도 치고 염불도 하고 그러는 게지. 허나 인석아, 그 염불하는 일 하나도 결코 쉬운 것이 아니니라. 염불이란 생각 염(念) 자, 부처 불(佛) 자, 부처님의 명호를 부르며 그 공덕을 기리고 생각한다는 뜻이야. 이 때의 마음가짐은 일체의 잡념도 없이 오직 부처님 생각으로 채워지게 해야 하느니라."

"일체의 잡념도 없이 부처님 생각으로만 채워야 한다구요, 스님?"
 "그러엄! 잡념이란 건 번뇌니라. 모든 번뇌가 없는 상태에서 기도를 하면 수행과 소원을 함께 이룰 수 있게 된다."
 "소, 소원이 이루어진다구요!"
 잡념이 없는 상태에서 염불을 하면 소원이 이루어질 수 있다는 말에 소년 윤지호는 의아한 듯이 눈을 둥그렇게 떴다. 선문답하는 듯한 스님의 말이 지호 소년에게는 다소 어렵게 들리기도 했지만 이 '소원이 이루어진다'는 말에는 눈이 번쩍 뜨였던 것이다. 스님은 빙그레 미소지었다.
 "왜, 거짓말 같으냐? 내 옛날 얘기 하나 해주랴?"
 노스님은 윤지호의 이해를 돕기 위해 옛날 중국에서 일어났던 일화를 한 토막 이야기하기 시작했다.

 중국 제나라에 손경덕이라는 청렴한 선비 하나가 살고 있었다. 그런데 이 손경덕이라는 사람은 관음상을 집에 모셔놓고 항상 공경히 섬겨온 관음신자였다. 그러던 어느 날 손경덕은 억울하게도 강도의 누명을 쓰고 끌려가 곧 사형을 당할 처지에 놓였다. 그는 옥중에 갇혀 있으면서 누명을 벗기 위해 일심으로 관세음보살을 염송하였다.
 어느 날 밤, 이날도 손경덕은 옥중에서 관세음보살을 염송하다

 가 설핏 잠이 들었는데 비몽사몽 간에 갑자기 한 노승이 나타난 것이었다. 고승은 품에 지니고 있던 〈구고관음경(救苦觀音經)〉이라는 경책을 꺼내 손경덕에게 건네주며 말했다.
 "이 경을 천 번만 일심으로 외우면 죽음을 면하리라."
 손경덕은 그 노승에게 넙죽 절하고 〈구고관음경〉을 두손으로 받아들였는데 돌연 노승은 사라지고 꿈에서 깨어났다. 그러나 기이하게도 손경덕이 자던 머리맡에는 낡은 〈구고관음경〉 한 권이 놓여져 있었다.
 손경덕은 그날부터 이 경을 지성으로 외워 형장에 이르기 직전에 겨우 천 번을 외워 마쳤다. 형장에 이르니 형졸이 칼을 번쩍 들어 경덕의 몸을 내리쳤다. 그런데 뜻밖에도 그 형졸이 내리친 칼은 세 조각이 나면서 부러졌고, 경덕의 몸은 흠 하나 없이 멀쩡하였다.
 세 번이나 칼을 바꾸어서 형을 집행했지만 결과는 마찬가지였다. 이 사실을 알게 된 제나라 임금은 이를 기이하게 여겨 손경덕을 사면하였다.
 옥에서 풀려난 손경덕이 집에 돌아와서 관음상 앞에 예배한 후, 관음상을 살펴보니 관음상의 목에 칼맞은 자국이 세 군데나 있었다. 관세음보살이 대자비로서 손경덕의 고통을 대신 받은 것이다.

"어떠냐, 지호야. 이젠 내 말을 알겠느냐?"

"예, 스님……."

소년 윤지호는 스님이 들려준 이야기에 감동하여 사뭇 달아오른 얼굴이었다.

"스님 말씀을 듣고 나니 저 스님들의 독경소리, 염불소리가 더 간절하게 들립니다요, 스님."

"허허허허…… 잘 알아들었다니 다행이구나. 하지만 출가수행자가 해야 할 일은 그것에 그치는 것이 아니다. 부지런히 공부도 하고, 참선수행도 하고, 설법도 하고 그러는 게야."

"아니! 스님들도 공부를 하신다구요?"

스님들이 공부를 열심히 해야한다는 말에 지호는 그만 눈이 둥그래졌다. 염불 외고 시주 얻으러 다니는 것이 다인 줄로만 알았던 스님들이 공부를 한다니 도대체 무슨 공부를 한단 말인가.

노스님의 얼굴에 실낱 같은 미소가 번졌다. 어쩌면 스님은 지호 소년의 이러한 반응을 예상하였는지도 몰랐다.

"그러엄! 저렇게 염불을 하고 독경을 하려면 부처님 경전을 열심히 공부해야 하고, 또 견성성불, 말하자면 도를 깨달아 여러 중생들을 제도하려면 참선공부도 해야 하고 그러는 게야."

"그럼, 스님들도 학교에 다니신다는 말씀인가요?"

"우리 절집 안에서는 학교라고 부르지 않는다. 부처님 경전을 가

르치는 곳은 강원이라고 부르고, 참선수행을 가르치는 곳은 선원이라고 부른다."

"그럼 스님, 부처님 경전 공부를 하면 무엇 무엇을 배우게 되는데요?"

"부처님 경전공부를 하게 되면 참으로 많은 것을 배우게 된다. 너도 서당에서 한문공부를 배웠다고 했으니 잘 알겠다마는 사람은 참으로 많은 것을 배워 익혀야 하는 법. 인사는 어떻게 하고, 앉고 서고 말하는 것은 어떻게 할 것이며, 일은 또 어떻게 하고, 어른 공경은 어떻게 해야 옳은가, 아랫사람은 또 어떻게 다스릴 것이며, 어떤 생각 어떤 행동거지를 해야 근심걱정 없이 한세상을 살 것인가……."

"하오면 스님, 절에서도 그런 공부를 다 배울 수 있단 말씀입니까?"

"절에서 가르치게 되는 것이 어디 그것 뿐이겠느냐? 일본에 유학을 가서도 배우지 못하는 공부를 절에서는 배울 수가 있다."

일본에 유학을 가서도 배우지 못하는 공부…….

일제 치하에 이 나라가 강점당해 있던 당시로서 일본유학이라면 요즘의 미국유학보다도 더 대단한 위세를 가지는 것이었다. 그런데 절에서 가르치는 공부가 일본유학을 가서도 배우지 못하는 공부를 가르친다니! 나이 어린 지호 소년으로서는 짐작조차 되지 않았다.

"어떤…… 공부인데요, 스님?"

노스님은 호기심으로 가득 찬 지호 소년의 더없이 맑은 눈망울을 들여다보면서 입을 열었다.

"도 닦는 공부를 열심히 하면 도인이 되거든!"

"예에? 도인이 된다구요?"

"그래. 헌데 어찌 그리 놀라느냐?"

"예. 저 사실은 우리 큰 형님이 절더러 도인이 될 아이라고 늘 그랬거든요."

"니 큰 형님이!"

"예. 제가 어렸을 적에 우리 큰형님이 저를 업어서 키웠는데, 글쎄 어느 날 지나가던 스님이 제 얼굴을 보시더니 이리저리 쓰다듬으시면서 그러시더래요. '하하하하…… 이 아이는 장차 머리 깎고 출가하면 큰 도인이 되겠구나' 하고 말예요. 그 뒤부터 우리 큰 형님이 저를 막 놀렸어요. 도인이 될 아이라구요."

"허허허. 인석아, 그게 어째서 놀려먹는 것이더냐? 큰 덕담이지. 암! 옛부터 말이 씨 된다고 했으니 혹시 또 아느냐? 지호 네가 정말 큰 도인이 될지. 음? 허허허……."

노스님은 매우 유쾌한 표정으로 오래도록 너털웃음을 웃는 것이었다.

도봉산 회룡사에서 하룻밤을 지내고 난 소년 윤지호는 이튿날

새벽 일찍 일어나 절마당이 반질반질해지도록 깨끗이 비질을 했다. 어젯밤 늦도록 노스님과 이야기하느라 잠을 설친데다 동트기 전 도량석 소리에 잠이 깨었는데도 이상하게 몸이 거뜬한 게 기분이 아주 상쾌하였다.

청소를 마친 윤지호는 동이 터오는 하늘을 바라보며 심호흡을 했다. 싸한 새벽공기가 코끝을 찔러왔다. 이때 뒤에서 누군가 다가오는 소리가 들렸다. 노스님이었다.

"안녕히 주무셨습니까요?"

"그래. 그런데 너 언제 일어나 마당 청소까지 해놓았느냐?"

지호 소년은 쑥스럽게 웃으며 머리를 긁적였다.

"예, 이렇게 공기 맑구 경치 좋은 데서 하룻밤 자고 나니 아예 여기서 살았으면 하는 생각까지 듭니다요, 스님."

"허허허허. 원 녀석하군!"

지호 소년은 돌아서려는 스님을 진지한 목소리로 불렀다.

"저 스님."

"왜 그러느냐?"

"저 한 가지만 여쭤봐도 괜찮을런지요, 스님."

"음, 무슨 말인지 어디 해보아라."

무슨 말을 하려는 것인지 지호 소년은 한동안 우물쭈물 뜸을 들이더니 한참만에야 말을 꺼내는 것이었다.

"예. 저도 스님 밑에서 머리 깎고 공부하면 안될까요, 스님?"
노스님은 실눈을 뜨고 미간을 좁히며 생각에 잠긴 얼굴로 지호 소년에게 되물었다.
"으응? 내 밑에서 머리 깎고 공부를 하고 싶다?"
"예, 스님."
그러나 노스님은 단 한마디로 지호의 부탁을 거절하였다.
"그건 아니 될 소리다."
"아니 왜요, 스님? 어째서 안 된다 하시는지요?"
"허허. 난 이 회룡사에 사는 중이 아니라 떠돌이 걸승이니라."
"하오면 제가 스님을 따라다니면 될 것 아닙니까요?"
"그것도 아니 될 소리다."
"안 된다니요, 스님?"
"이 한 몸뚱이도 끌고다니기 번거롭거늘 어찌 또 너까지 끌고다닐 수 있겠느냐?"
"하오면 스님……."
스님은 단호히 돌아서며 지호의 말허리를 잘라 말했다.
"하룻밤 잘 지냈으니 나는 이 절을 떠나야겠다. 너도 어서 내려가자꾸나."
당황한 지호는 허겁지겁 지게를 챙겨 짊어지며 앞서가는 스님에게 소리쳤다.

"하오면 어디로 가시는데요, 스님!"
"구름 가는 대로 물 흐르는 대로 가느니라."
"아니? 스님, 스님! 스니임!"
지호는 새벽 찬이슬에 바짓가랑이가 촉촉히 젖는 줄도 모르고 정신없이 풀숲을 헤치며 산을 내려가기 시작했다.

결국 윤지호는 도봉산 자락에서 만난 스님을 다시 도봉산 자락에서 작별해야 했다. 노스님은 참으로 바람 같은 분이었다. 우연히 만난 소년의 마음을 하룻밤에 사로잡아 놓더니 인연이 깊어질 겨를도 주지 않고 또다시 언제 만날지 기약도 없는 길을 훌훌 떠나버린 것이었다.

또다시 소년은 혼자가 되었다. 산을 내려와 큰길가에 당도한 윤지호의 앞에는 여러 갈래의 길이 펼쳐져 있었다. 그러나 어디로 가야 하는지 도무지 알 수가 없었다.

'어찌 할거나, 어디로 갈거나.'

서늘한 바람 한줄기가 불어와 갈 바를 모르고 망연히 서 있는 소년의 머리칼을 헝클어 놓고 지나갔다.

'구름 가는 대로 물 흐르는 대로 가느니라!'

묘한 여운을 남기던 스님의 마지막 말이 다시금 지호의 귓전을 스치고 지나갔다.

"구름 가는 대로 물 흐르는 대로…….”

지호는 가만히 입술을 움직여 스님의 마지막 말을 읊조려보았다. 가슴 한구석이 뻥 뚫린 듯 허전하고 아려왔다. 서울에 와서 갖은 고생을 하며 살았어도 이렇게 허전하지는 않았었다.

윤지호는 텅빈 마음을 달래며 방향도 모르고 터벅터벅 걷고 또 걸었다. 그 스님과 헤어져 산을 내려왔는데도 이상하게 발길은 전에 살던 집으로 돌려지지 않았다.

바로 엊그제까지만 해도 땔나무를 해서 장에 내다 팔아 몇푼의 돈이 생기면 노곤한 몸을 쉬일 보금자리를 향해 저절로 발걸음이 옮겨졌었는데 말이다.

그러나 지금은 모든 것이 다 부질없었다. 한푼 두푼 돈이 모아지면서 뿌듯하던 마음도 멀고 먼 과거의 일인 듯 아련하게 여겨졌다.

회룡사에서의 하룻밤이 이토록 지호 소년의 마음을 흔들어 놓다니, 기묘한 일이었다.

3
쌀 한 톨에 얽힌 사연

윤지호는 우이동을 지나 수유리 쪽으로 걸어가고 있었다. 훈훈한 바람이 불어와 소년의 가느다란 머리칼을 간지럽혔다. 한낮의 따가운 태양볕 아래 팔을 축 늘어뜨린 버드나무가 바람이 불 때마다 건듯건듯 춤을 추었다.

덩덩덩덩…… 삐리리이…….

수유리 쪽에서 무슨 큰 잔치라도 났는지 풍악소리가 울려오고 있었다.

지호는 징과 태평소 소리에 귀를 기울이다가 맞은편에서 걸어오는 커다란 등짐을 진 두 명의 장꾼들을 만나 말을 건넸다.

"저어…… 수유리에서 무슨 잔치라도 벌어졌습니까요?"

일행 중에서 가장 나이가 들어 보이는 사내가 대답했다.

"아, 인석아. 저 수유리 화계사에서 오늘 영산제를 하는 날이 아니냐?"

낮술을 한잔 걸쳤는지 시커먼 수염으로 뒤덮인 사내의 넓적한 얼굴은 벌겋게 달아올라 있었다. 사내는 재빠르게 윤지호의 행색을 위아래로 훑으며 술냄새가 진동하는 입을 다시 열어 말했다.

"너 이 동네 아이가 아니더냐?"

"예, 아닙니다요. 근데 아저씨들! 영산제가 무얼하는 것입니까요?"

"아, 인석아! 영산제도 모른단 말이냐? 영산제란 거 뭣이냐, 그러니깐두루 나라와 백성이 다 잘되기를 비는 그런 절잔치란 말여. 알겠냐?"

"아, 예에······."

윤지호는 장꾼들과 헤어져 수유리 화계사 앞에 당도하였다. 과연 장돌뱅이들의 말대로 화계사에서는 수많은 사람이 모인 가운데 화려한 영산제가 펼쳐지고 있었다. 윤지호는 징과 태평소 소리에 그만 홀리기라도 한 듯이 시간가는 줄도 모르고 넋을 잃은 채 영산제를 구경하였다.

이날의 영산제가 다 끝나가는 저녁 무렵이었다.

해가 지는 것도 모르고 영산제 구경에 빠져든 지호 소년의 모습을 유심히 지켜보던 한 스님이 지호 소년이 있는 쪽으로 다가왔다.

"애야! 너 못 보던 아이로구나."

"엣! 예? 아, 예에."

영산제에 정신이 팔려 스님이 가까이 다가오는 줄도 모르고 있던 윤지호는 소스라쳐 놀라며 자리에서 벌떡 일어났다.

"보아 하니 이 근처에 사는 아이는 아닌 것 같은데 어디서 온 길이더냐?"

지호는 뒤통수를 긁적이며 열없는 얼굴로 대답했다.

"예. 저 도봉산 회룡사에서 하룻밤 자고 지나가던 길이옵니다요."

"그래? 음…… 빈지게를 지고 있는 걸 보니 어디 남의 집 사는 아이더냐?"

"아, 아니옵니다. 산에서 땔나무를 해다 팔고 있사온데……."

"아니, 그럼 땔나무를 하러 가던 길에 영산제 구경하느라고 해지는 것도 몰랐구나."

"예. 그렇게 됐습니다."

스님은 소리없이 미소지으며 고개를 끄덕였다.

영산제가 끝난 절마당은 뒷정리를 하는 사람들로 분주하였다. 사람들은 무리를 지어 한 패거리씩 자리를 떴다.

스님은 빈지게를 지고 돌아가려는 지호를 불러세웠다.

"애야, 이리 나를 따라오너라."

"옛?"

"저녁 때가 되었으니 들어와서 공양을 들고 가도록 해라."

지호는 그 '공양'이라는 게 무엇을 가리키는 말인지를 몰라 눈만 깜박거리다가 스님께 여쭈었다.

"저, 공양이 무엇이온데요, 스님?"

"허허허허허······."

스님은 목젖이 다 보이도록 호탕하게 웃었다.

"참······ 그렇지. 절에서는 밥먹는 것을 공양든다고 부르는 게야. 허허허."

지호는 자꾸만 웃으시는 스님을 쳐다보고 있기가 무람없는 것 같아 얼굴을 붉히고 섰다가 공손히 말했다.

"저어 저는 괜찮습니다요, 스님."

"어허! 어려워 말고 나를 따라오너라. 오늘 불사에 동참한 대중은 누구든 다 함께 들어도 되느니라."

윤지호는 스님의 분부대로 그날 저녁 공양을 수유리 화계사에서 얻어먹었다. 알고 보니 이 스님은 이 당시 화계사 주지인 전월해 스님이었다. 월해스님은 윤지호의 외로운 처지를 한눈에 알아보시고 측은한 마음을 가졌던 것이다.

저녁 공양이 끝난 후 월해스님은 지호를 조용한 곳으로 불렀다.

"네 이름이 지호라고 그랬지?"

"예, 스님."

"어린 나이에 객지 타관에서 고생이 아주 많겠구나."

"아, 아니옵니다요."

지호는 월해스님의 따뜻한 배려에 몸둘 바를 몰랐다. 스님의 은근하고 부드러운 목소리가 다시 이어졌다.

"그래, 땔나무는 무슨 나무를 해다가 팔고 있느냐?"

"소나무 잎 떨어진 걸 긁어다가 팔고 있습니다."

"쯧쯧. 갈퀴나무를 해다가 팔고 있구먼 그래. 장작보다 그게 헐값일텐데……."

"하오나 생나무에 도끼질이나 톱질은 차마 못 하겠어서 헐값이지만 갈퀴나무만 해오고 있습니다요."

"오, 그래?"

기특하기 짝이 없는 지호 소년의 말에 월해스님은 혀를 내둘렀다. 어려운 환경에서 크다 보면 자칫 비뚤어지기 십상인데 저렇게도 착한 심성을 지닐 수 있다니 놀랍기 그지없었다. 땔나무꾼으로만 썩기에는 정녕 아까운 아이였다.

'이 아이를 가까이 두고 가르친다면…….'

스님은 문득 이런 생각을 하면서 자기 앞에 공손히 앉아 있는 소년의 서늘한 눈빛을 바라보았다. 스님은 천천히 입을 열었다.

"그런데 그렇게 혼자 벌어서 공부를 하겠다고?"

"예."
"이것 봐라, 지호야."
"예, 스님."
"공부라고 하는 것은 꼭 학교에 가서만 하는 것이 아니다."
"그 말씀은 회룡사에서도 들었사옵니다."
"그러니 네 생각은 어떠냐? 객지타관에서 어린 나이에 고생을 하느니 우리 절에서 공부도 하고 살기도 하면……."
그러나 지호는 눈을 반듯이 들어 정색을 하고 말했다.
"하오나 저는 거저 얻어먹고 살기는 싫사옵니다, 스님."
"허허허! 그 녀석 참…… 아, 내가 언제 널더러 거저 얻어먹고 살라고 그랬더냐?"
"하오면 제가 이 절에서 무슨 일을 하면 되옵는지요, 스님."
"일이라고야 할 게 있겠냐마는 스님들 심부름도 해드리고, 때로는 절 일도 좀 거들어주고, 또 어떨 때는 방에 불도 좀 지펴주고 그러면 되는거지, 뭐."
지호 소년은 한참 동안 침묵을 지키며 무엇인가를 골똘히 생각하다가 이윽고 고개를 들어 스님께 여쭈었다.
"하오면 공부는 어떤 공부를 가르쳐 주시겠는지요, 스님."
"허, 그 녀석 참 야무지게도 묻는구나. 너 고향에 있을 적에 서당에도 다녔고 보통학교에도 다녔다고 그랬겠다?"

"예, 스님."
"그만한 공부를 했으면 절에서 읽을 책이 수도 없이 많느니라."
"정말입죠, 스님?"
"원 그 녀석 참! 아, 여기 있는 이 책장을 좀 보거라. 여기 쌓여 있는 이 책들이 모두 다 읽고 배워야 할 것들이야."

소년 윤지호는 그때서야 자신이 앉아 있는 방을 새삼스럽게 둘러보았다. 방문이 있는 쪽의 벽면만 빼고 나머지 벽의 삼면이 모두 책으로 들어차 있는 방이었다. 아마 이 절에서 서가로 쓰는 곳인 듯 싶었다.

책장에 빼곡히 꽂혀진 손때 묻은 책들을 둘러보는 지호의 눈은 놀라움과 탄성으로 환하게 열렸다. 태어나서 이렇게 많은 책을 보기는 또 난생 처음이었다. 아니, 스님이 되면 이렇게 많은 책들을 읽는단 말인가.

회룡사에서 만난 스님으로부터 스님들도 공부를 열심히 한다는 말은 들었지만 막상 향내와 책냄새가 묘하게 어우러진 이 서가를 둘러보자 가슴이 설레기 시작했다.

책을 둘러보던 지호가 다시 자리에 앉기를 기다려 스님이 넌지시 물었다.

"그래 네 생각은 어떠냐? 다시 또 나무 지게나 지고 땔나무나 하러 다니겠느냐, 아니면 우리 절에서 살면서 공부를 하겠느냐?"

"한 가지 여쭈어봐도 괜찮을런지요, 스님."
"그래. 물어보아라."
"스님들은 어떤 까닭으로 머리를 깎고 스님이 되시는지요."
당연히 나올 법한 질문이었다. 스님은 눈을 지그시 감았다.
"으음. 이 세상에는 가난한 사람도 많고, 병든 사람도 많고, 억울한 사람도 많고, 근심 걱정 많은 사람도 수없이 많다. 그 많은 사람들을 모두 다 편안하게 해주려고 그래서 출가해서 수행자가 되는 것이야."
"그 많은 사람들을 어떻게 다 편안하게 해주실 수 있다는 말씀이시온지요."
"너도 차차 공부를 하면 알게 될 것이다만 부처님의 가르침을 배우고 익히고 깨닫게 되면 이 세상 모든 사람을 고통에서 다 건질 수 있게 될 것이야."
"하오면 저도 그런 공부를 배울 수 있단 말씀이신지요."
"암! 배울 수 있고 말고."
소년 윤지호는 눈을 내리깔고 생각에 잠겼다. 앙다문 입술에는 핏기가 사라졌다. 얼마나 지났을까. 윤지호는 번쩍 고개를 들었다.
"하오면 저 이 절에서 살도록 하겠습니다요, 스님."

화계사는 중종 17년인 1522년, 신월대사(信月大師)에 의해 창

건된 절이었다. 고종 연간에는 대원군의 정성으로 대웅전을 비롯한 몇몇 건물이 중건되었으며 그때 남겨진 대원군의 친필이 아직도 현판에 남아 있기도 하다. 또한 명부전에 있는 시왕상은 고려 말의 명승 나옹(懶翁)의 조각으로 전해지고 있다.

전월해 스님의 주선으로 이 화계사에 머물게 된 윤지호는 다음 날 새벽 일찍 일어나 지게를 지고 산에 올랐다. 워낙에 부지런한 생활이 몸에 익기도 했지만, 새로운 삶을 시작하려는 마당에 산사의 상큼한 공기를 누구보다도 먼저 맡아보고 싶기도 했다.

밤의 어둠은 태양이 떠오르기 전에 가장 짙다고 하였던가. 하늘에는 별들이 은가루를 뿌려놓은 듯하였다.

지호는 첫새벽의 상쾌한 공기를 심호흡하며 산에 올라 땔나무를 긁어모았다.

이때 '더웅 덩……' 하고 멧부리를 흔드는 범종소리가 들려왔다. 종소리는 긴 여운을 남기며 짙푸른 하늘 끝으로 멀리멀리 퍼져나갔다.

지호는 종소리가 끝날 때까지 일손을 멈추고 서서 하나 둘 불이 켜지기 시작하는 산 아래 화계사를 내려다보았다.

윤지호가 새벽마다 산에 올라가 땔나무를 한 짐씩 해온다는 이야기를 전해들은 전월해 스님은 어느 날 아침, 산에서 지게를 지고 내려오는 지호를 기다리고 계셨다. 꾸벅 인사하고 지나가려는 지호를 월해스님이 돌려세웠다.
"얘, 이 녀석, 지호야!"
"예, 스님."
"이 녀석! 너는 대체 어찌해서 시키지도 아니한 일을 하고 있는고?"
"무슨 말씀이시온지요, 스님."
"누가 너에게 땔나무를 해오라고 시키기라도 했더냐?"
"아니옵니다, 스님. 아무도 시키시지 않았습니다."
"그런데도 새벽마다 산에 가서 땔나무를 해왔단 말이더냐?"
"예."
"무슨 생각에서 시키지도 아니한 땔나무를 해왔는고?"
"예, 서당에서 배우기를 쌀 미(米) 자는 팔십팔, 즉 여든여덟의 뜻이라고 하였습니다."
묻는 말에는 대답을 않고 윤지호가 뚱단지같이 쌀 미자 얘기를 꺼내자 월해스님은 의아한 표정이었다.
"그건 대체 무슨 소리던고?"
"예. 쌀 한 톨이 사람 입에 들어가려면 사람의 일손이 여든여덟 번 수고를 해야 하니 그 뜻을 새겨서 팔십팔을 합쳐서 쌀 미자를 만들었다고 하였습니다."
"허허, 그 녀석, 난 또 무슨 소리라고! 음, 그래서 그 쌀 미자하

고 땔나무 해온 것하고 무슨 상관이라도 있단 말이더냐?"
 "예, 그러하옵니다, 스님. 다른 사람은 쌀 한 톨을 위해서 여든여덟 번이나 수고를 했는데, 만약 제가 아무 일도 하지 아니하고 빈둥빈둥 놀면서 공밥을 얻어먹는다면 이는 사람의 도리가 아니라고 배웠습니다."
 서당에서 배운 도리를 들이대는데야 어찌 당해낼 재간이 있겠는가. 월해스님은 껄껄 웃으며 말했다.
 "흐흠. 그 녀석 참! 옹통진 소리를 잘도 하는구나. 아니 그래, 지호 네가 공밥을 먹기 싫어서 밥값을 하느라고 시키지도 아니한 땔나무를 해왔단 말이더냐?"
 "손발이 편하면 입도 편해진다는 소리가 있지 않사옵니까요, 스님."
 "허허허. 그래 그래. 네 말이 맞느니라. 손발을 편히 놀리면 입에 들어갈 것도 없는 법이지. 음, 한데 말이다, 지호야!"
 "예, 스님."
 "절에서는 말이다 땔나무를 하고 공양을 짓고 그런 일만 해야 하는 게 아니야. 절에서 먹는 밥값을 제대로 하려면 말이다 다른 일도 해야 하느니라."
 "예, 스님. 그럼 무슨 일을 해야 하는지 분부만 내리십시오."
 "넌 우선 목탁 치는 법도 손에 익혀야 하고 부처님께 인사올리는 법도 익혀야 하고 스님 모시는 법, 독경하는 법, 이런 사찰법도부터 제대로 배워야 하느니라. 알겠느냐?"
 "예, 스님. 부지런히 배워 익히도록 하겠습니다."
 "음……."
 월해스님은 지게를 진 채 넙죽 인사하고 성큼성큼 걸어가는 지호의 뒷모습을 흐뭇한 표정으로 바라보았다. 참으로 사랑스럽고 믿음직한 소년이었다.

4
그래서 그 벌레를 어찌했느냐?

윤지호가 어찌나 부지런하고 열심이었든지 화계사 내의 다른 스님들까지 이구동성으로 칭찬해 마지않았다.
어느 날 월해스님을 모시던 화계사의 젊은 스님 한 분이 무슨 이야기를 하던 끝에 넌지시 지호 얘기를 꺼내는 것이었다.
"저…… 지호라는 그 아이 말씀이옵니다요, 주지스님."
"그래. 그 아이가 어쨌다는 말이던고?"
"땔나무를 해다가 팔아먹고 살았다고 그러길래 일자무식이겠거니 했더니 아유, 그게 아니었습니다요, 스님."
젊은 스님의 말을 듣던 월해스님은 빙그레 웃으며 말했다.
"까막눈인 줄 알고 함부로 대했다가는 망신당할 것이니라. 헌데, 그 녀석이 너한테 뭐라고 그러더냐?"

"아유! 뭐라는 게 아니구요, 스님. 아, 글쎄 어젯밤 행자실에서 두런두런 글 읽는 소리가 들리기에 문을 열고 들여다봤더니만……."

"음…… 그래서?"

"그 녀석이 글쎄……."

"그래, 그 녀석이 무슨 책을 읽고 있더란 말이냐?"

"행자 노릇 시작한 지도 며칠 안된 녀석이 글쎄 사미율의(沙彌律儀)를 보고 있지 않겠습니까요, 스님."

"뭣이라고? 그 녀석이 벌써 사미율의를 읽어?"

"예."

"아니 그럼 글자는 제대로 읽어나가더냐?"

"글자를 제대로 읽어나가는 정도가 아니구요, 아 글쎄, 절밥 3, 4년 먹은 사미들보다 뜻을 더 잘 새기더라구요, 스님. 제가 정말 깜짝 놀랐습니다요."

"그게 정말이더란 말이냐?"

"아 예, 스님. 정 믿기지 아니 하시거든 스님께서 불러다가 시험을 한번 해보십시요."

정녕 믿기지 않는 일이었다. 서당에서 글을 배웠다기에 천자문이나 겨우 떼었을테지 하고 생각했는데 사미율의의 뜻을 3, 4년 먹은 사미들보다 더 잘 새기다니! 윤지호란 아이는 역시 땔나무꾼 노

룻이나 하고 살아갈 아이는 아니었던 것이다. 스님의 얼굴에 환한 미소가 번졌다.

"허허. 그 녀석이 그래? 어디, 내가 한번 불러서 시험을 해봐야 겠구나. 너 어서 가서 그 녀석을 내 방으로 데려오너라."

"예, 스님."

그러나 지호를 데리러 간 스님은 잠시 후 혼자 돌아왔다.

"저……그 아이가 절에 없사옵니다, 스님."

"아니 그럼, 또 나무하러 산에라도 갔더란 말이더냐?"

"지게도 제 자리에 있는 걸 보니 산에 간 것 같지는 않사옵니다, 스님."

"그러면 공양간에도 없더란 말이더냐?"

"공양간에도 없고, 법당에도 없고, 정낭에도 없사옵니다, 스님."

"음. 다시 한번 찾아봐라. 그 아이는 갈 곳이 없는 아이니라."

"예, 스님. 하오면 다시 한번 찾아보겠습니다, 스님."

"오냐."

화계사 주지 전월해 스님은 뒷짐을 진 채 뜨락을 거닐었다. 작년에 모감주 나무 옆에다 손수 옮겨 심은 두 그루의 앵두나무에 새빨간 앵두가 탐스럽게 익어가고 있었다. 스님은 그 앙증스럽게 매달린 앵두 위로 벌 한 마리가 날아드는 것을 바라보며 생각에 잠겼다.

잠시나마 마음을 쏟았던 그 비범한 아이 윤지호가 온다간다 말 한마디 없이 이 절을 훌쩍 떠나버린 게 아닌가 하여 은근히 서운한 마음이 생기는 것도 사실이었다. 그러나 사람의 인연이라는 것이 마음대로 할 수 있는 일이던가. 월해 스님은 시리도록 파아란 하늘을 올려다보며 가볍게 한숨을 내쉬었다.

이때, 조금 아까 지호를 찾으러 갔던 젊은 스님이 숨을 몰아쉬며 허겁지겁 돌아왔다. 콧등에 촉촉히 배인 땀방울을 보니 절 안팎을 어지간히 헤매다니다 온 것 같았다.

"저, 스님. 그 아이 지호 말씀입니다요."

"그래, 그 아이가 어디에 있다더냐?"

"예. 저 원주가 그러는데 그 아이가 채소밭에서 풀을 뽑고 있는 걸 분명히 보았다고 하옵니다."

"아니 그러면, 지금은 채소밭에도 없더란 말이더냐?"

"예. 아무리 찾아보아도 보이지를 아니하옵니다."

"조금 전까지 채소밭에 있었다면 화계사를 떠난 것은 아니니 되었느니라. 돌아오거든 나한테 데려오너라."

"예, 스님."

그런데 월해스님께 인사를 드리고 돌아서던 젊은 스님이 갑자기 큰소리로 외쳤다.

"아유, 스님! 저 녀석, 저어기 오고 있습니다요!"

"으음?"

소년 윤지호는 애타게 자기를 찾는 줄도 모르고 천천히 걸어 들어오고 있었다. 어이가 없어진 월해스님이 혀를 찼다.

"원, 저런 녀석하고는!"

젊은 스님이 큰소리로 지호를 불렀다.

"야, 이 녀석 지호야!"

윤지호는 그때서야 자기를 지켜보고 있는 두 스님을 발견하고 부리나케 달려왔다.

"예, 스님! 저를 찾으셨습니까요?"

젊은 스님은 대뜸 퉁명스럽게 핀잔을 주었다.

"이 녀석아! 내가 너를 찾느라구 온 절간을 다 돌아다니고 채소밭까지 한바퀴 돌고 왔다, 이 녀석아."

지호는 월해스님과 젊은 스님의 얼굴을 번갈아 쳐다보다가 뒤통수를 긁으며 겸연쩍은 표정으로 말했다.

"어이구! 전 그런 줄도 모르고 저기 저 풀밭에 갔다왔는데요. 심부름이라도 시키시려구요, 스님?"

월해스님이 엄한 얼굴로 윤지호에게 물었다.

"채소밭에서 풀을 뽑고 있었다구?"

"예, 스님."

"원주가 너에게 풀을 뽑으라고 시키더냐?"

"아니옵니다요, 스님."

스님의 목소리는 한층 더 높아졌다.

"허면, 어째서 시키지도 않은 일을 자청해서 했더란 말이던고?"

"예, 스님. 사람의 성품 가운데 윗사람이 시키신 일을 제대로 시행치 아니하는 것은 하품이요, 윗사람이 시키신 일을 그대로 시행하는 것은 중품이라 하였사옵니다."

맹랑한 소년의 대답에 월해 스님의 눈가에 실낱 같은 미소가 번졌다.

"그래서?"

"그리구 또 옛어른이 이르시기를 윗사람이 시키시기 전에 마땅히 시행하여야 할 일을 미리 알아 시행하는 것이 상품이라 하였사옵니다."

옆에서 윤지호의 대답을 듣고 있던 젊은 스님이 기가 차다는 듯 끼어들여 소리쳤다.

"아니, 이 녀석이 정말 청산유수네, 이거!"

그러나 월해스님은 껄껄 웃으면서 젊은 스님을 제지했다.

"내버려둬라, 허허허. 그래 그래. 채소밭에서 풀을 뽑은 것은 그렇다치고, 허면 그후에는 또 어디 가서 무슨 일을 하다가 이제야 돌아왔는고?"

"예. 저, 채소밭에서 풀을 뽑다 보니 채소에 벌레가 많았사옵니

다."

"음. 그래서 그 벌레를 어찌했느냐?"

"……"

윤지호가 선뜻 대답을 못하고 우물쭈물거리자 곁에 있던 젊은 스님이 말참견을 했다.

"아, 그 벌레를 어찌했느냐고 물으신다. 어서 대답을 해봐라."

"예. 벌레들을 잡아내기는 다 잡아내었는데요……."

"음, 그래. 잡아내기는 다 잡아냈는데 대체 어찌했단 말이더냐?"

"그대로 밭에 버리면 다시 채소잎에 기어오를 것이요, 발로 밟아 죽이자니 너무 불쌍한 생각이 들어서요……."

다시 젊은 스님이 채근했다.

"아, 그래서 그 벌레들을 어찌했냐고 물으신다. 어서 말씀올려라."

"그래서…… 그 벌레들을 저기 저 풀밭에 데려다 주고 거기서 먹고 살라고 그러고 왔습니다요."

윤지호의 대답을 들은 젊은 스님은 낮은 신음소리를 내며 월해 스님을 바라보았다.

그러나 주지스님은 아무 말 없이 듣고 있던 주장자로 땅을 세 번 내리쳤다.

"어, 어, 어찌 이러시옵니까요, 스님?"
"더 이상 물을 것이 없다. 그만 가서 손발 씻고 쉬도록 해라."
"예, 스님. 하오면 저는 그만 물러가겠사옵니다."
멀어져가는 윤지호의 뒷모습을 지켜보고 있던 화계사 주지 월해스님은 옆에 있는 젊은 스님에게 조용히 말을 건넸다.
"으음…… 너도 저 아이 말을 잘 들었으렷다?"
"예, 스님."
"저 아이는 참으로 자비보살의 화현이다. 내 말 알겠느냐?"
"예, 스님."
월해스님은 생각에 잠긴 눈빛으로 파란 하늘을 올려다보았다. 솜털 같은 하얀 뭉게구름이 천천히 흘러가고 있었다. 채소밭의 벌레를 먼 풀밭에 데려다 주고 왔노라는 지호 소년의 이야기는 스님으로 하여금 문득 젊은날 감동 깊게 들었던 옛이야기 한 토막을 떠올리게 하였다. 월해스님은 젊은 스님에게 다음과 같은 이야기를 들려주었다.

옛날에 자비심이 지극한 한 수행자가 있었다. 그는 언젠가는 기어코 부처가 되리라는 결심을 품고 열심히 수행을 하였다.
어느 날 수행을 하고 있는데 난데없이 비둘기 한 마리가 비명을 지르면서 황급히 그의 품속으로 날아와 숨으며 공포에 질려 온몸을

바들바들 떠는 게 아닌가. 곧이어 뒤따라 온 매가 수행자와 그의 품안에 있는 비둘기를 보더니 나뭇가지에 앉아 수행자에게 말했다.

"수행자여! 그 비둘기를 내게 돌려주시오. 그것은 내 저녁거리요."

"네게 돌려줄 수 없다. 나는 부처가 되려고 수행하는 사람으로서 모든 중생들을 다 구원하겠다고 결심을 하였다."

"당신은 참 어리석군요. 당신이 말하는 모든 중생 속에 어찌 나는 포함되지 않는단 말이오? 당신 때문에 저 비둘기는 살 수 있을지 몰라도 나는 굶어 죽게 되었단 말이오. 어찌 나에게는 자비를 베풀지 않고 오히려 내 먹이를 빼앗는단 말이오."

그 매가 하는 말에 수행자는 말문이 막혀버렸다. 딴은 맞는 말이었기 때문이었다. 수행자는 잠시 생각하다가 입을 열었다.

"어쨌든 비둘기는 돌려줄 수 없다. 무슨 다른 방법이 없을까? 비둘기 대신 너는 어떤 것을 원하느냐?"

"비둘기 무게 만큼의 살코기를 주시오. 그렇다면 비둘기도 살고 나도 살 수 있소."

수행자는 생각했다.

'살코기라면 산 목숨을 죽이지 않고서는 얻을 수 없다. 그렇다면 하나를 구하기 위해 다른 목숨을 죽게 할 수는 없지 않은가. 차라리 내 허벅지 살을 잘라주고 비둘기를 살리자.'

수행자는 저울을 가져와 한 쪽에 비둘기를 두고 다른 쪽에 자신의 허벅지 살을 베어 얹었다. 그러나 비둘기가 훨씬 무거웠다. 그래서 다른 쪽 허벅지 살을 베어 얹었다. 그래도 마찬가지였다. 할 수없이 수행자는 양엉덩이, 양팔, 양다리 살을 다 베어 얹었으나 저울은 아직도 비둘기 쪽으로 기우는 것이었다.
 수행자는 마침내 자신의 온몸을 저울대 위에 올려 놓으면서 마음속으로 빌었다.
 '모든 중생은 다 고해(苦海)에 빠져 있다. 그들을 건져내야 한다. 이 고통은 중생들이 받는 고통의 십육분의 일에도 미치지 못하리라.'
 마지막으로 자신의 목숨 전부를 저울에 올려놓으면서야 수행자는 모든 생명은 한가지로 소중하다는 귀한 진리를 얻어낸 것이었다.

 월해스님은 감동한 표정으로 고개를 조아리는 젊은 스님에게 마치 예언이라도 하듯이 말했다.
 "저 아이는 장차 우리 불교계의 보배가 될 것이다."

 월해스님 뿐만 아니라 당시 화계사에 머물고 계시던 여러 스님들이 모두 다 소년 윤지호를 어여삐 여기고 아껴주었다. 예의 바르

고 부지런한데다 똑똑하기 이를 데 없었으니 칭찬하지 않는 스님이 드물었다.

하루는 주지스님이 윤지호를 불러 앉혔다. 주지스님은 한동안 소년의 얼굴을 그윽히 바라보다가 부드러운 음성으로 이야기를 꺼냈다.

"이것 봐라, 지호야."

"예, 스님."

"듣자하니 네가 행자실에서 밤이면 글을 읽는 소리가 들린다고 하던데, 그것이 사실이더냐?"

지호 소년의 얼굴이 단박에 홍시처럼 빠알갛게 물들었다.

"잘못되었사옵니다, 스님. 소등 종소리가 울리면 불을 끄고 잠을 자야 옳은 줄 압니다만 그걸 어겼사옵니다."

"음, 그래. 그 사찰 규칙을 어겨가면서 대체 무슨 책을 읽었더란 말인고?"

"예. 앞뒷장이 떨어져 나간 책이라 어떤 책인지는 잘 모르겠사옵니다만, 벽장 속에 버려진 책이 있기에 읽었을 뿐이옵니다."

"그래? 허면, 그 책에는 어떤 말씀들이 적혀 있더냐?"

"예. 저는 아직 공부가 얕고 나이가 어려 깊은 뜻은 잘 알지 못하옵니다만, 구구절절 자비로운 말씀이 적혀 있었사옵니다."

"허면, 그동안 니가 과연 무슨 책을 읽었는지 내가 알아봐야겠으니, 어서 가서 그 책을 나한테 가져오너라."
 "예, 스님."
 윤지호는 월해스님이 분부하신 대로 그동안 남몰래 읽고 있던 책을 들고 와서 다시 주지스님 앞에 무릎을 꿇고 앉았다.
 "음, 그래. 네가 읽던 책이 바로 이 책이더냐?"
 지호 소년이 가져온 책은 몇 사람의 손을 거쳐왔는지 앞뒷장이 떨어져나가고 위아래 책 모서리가 둥글게 닳아버린 낡은 책이었다. 스님은 천천히 책장을 넘겼다.
 "그래 이 책을 읽어보니 무슨 말씀인지는 알아먹겠더냐?"
 "깊은 뜻은 잘 모르겠습니다만, 분부하신 바가 무엇인지 그건 짐작하겠습니다, 스님."
 "음, 그래?"
 스님은 책장을 계속 넘기다가 어느 한 대목을 손가락으로 가리키며 윤지호에게 말했다.
 "그러면, 지호 너, 여기 이 대목부터 어디 한번 새겨보아라."
 지호 소년은 스님이 내민 책을 두 손으로 공손히 받으며 흠흠 하고 목청을 가다듬었다. 지난 밤에도 몇번이나 읽었던 익숙한 구절이기는 하였지만 주지스님 앞에서는 어쩐지 긴장이 되어 책을 쥔 손이 사뭇 떨리기까지 했다.
 "틀려도 좋을 것이요, 잘못 새겨도 나무라지 아니 할 것이니 마

음 놓고 어디 한번 새겨보아라."
 "예. 이왈, 불투도니 훔치지 말라."
 "음, 그래. 어디 한번 그 아래를 주욱 새겨보아라."
 윤지호가 굳은 얼굴로 침을 한번 꿀꺽 삼키자 스님은 껄껄껄 웃으며 말했다.
 "허허허. 마음 터억 놓고 한번 새겨봐. 괜찮아."
 지호는 숨을 깊게 들이마신 후 스님이 지적한 대목을 읽어나가기 시작했다.
 "해왈, 금은즉물로 이지일침일초회 부득불여이취니……."
 "아니, 아니, 아니…… 한문 글자를 토 달아 읽는 것은 그만두고 이 글이 무슨 말인지, 그 뜻만 한번 새겨보란 말이야."
 "예, 스님. 풀어서 말씀드리자면…… 금이나 은과 같은 귀중한 물건에서부터 바늘 한 개 그리고 풀 한 포기일 망정, 주지 아니한 물건을 가져서는 아니된다. 늘 있는 물건이거나 시주받은 물건이거나 승려들의 것이거나 관청의 물건이거나 개인 물건이거나 그런 모든 물건을 빼앗거나 훔치거나 세금을 속이거나 배삯 차삯을 안 내면 바로 그것이 모두 훔치는 것이니라."
 "음…… 그래. 그 다음은?"
 "경에 실려 있기를 어떤 사미는 상에 놓인 과일 일곱 개를 훔치고, 또 어떤 사미는 대중들이 공양할 떡 두 개를 훔치고, 또 어떤 사미는 대중들이 공양할 빙탕을 조금 훔쳐먹고 모두 다 지옥에 떨어졌다고 하였느니라. 그러므로 경에 이르셨으되 차라리 손을 끊을지언정 옳지 못한 재물을 가지지 말라고 하셨으니 어찌 경계하지 아니 할 것이랴."

고개를 끄덕이며 듣고 있던 월해스님의 얼굴에 만족스런 미소가 피어올랐다.

"허허허. 너, 이 녀석 지호야. 너, 대체 글을 어디까지 배웠더란 말이던고?"

"예. 서당에서 명심보감까지 배웠습니다."

"그래? 그래 그래. 그만한 이력이면 경을 봐도 부족함이 없을 것이야. 음! 헌데 말이다 지호야."

"예, 스님."

"너는 밥을 먹고 나서 숭늉을 마시는 게 옳겠느냐, 아니면 숭늉부터 마시고 나서 밥을 먹는 게 옳겠느냐?"

"그야 목이 말랐던 사람은 숭늉부터 마시고 밥을 먹어야 얹히지 아니할 것이옵니다, 스님."

"으응?"

질문의 헛점을 찌르는 날카롭고도 슬기로운 대답이었다.

스님은 다시 한번 윤지호의 소년답지 않은 통찰력에 감탄을 금치 못했다.

"허허허. 그래 그래. 듣고 보니 네 말도 맞구나. 허허허……."
조용한 방을 울리던 웃음소리가 잦아지며 다시 스님의 목소리가 들려왔다.

"헌데 이 녀석아, 내 말은 그런 말이 아니고 모든 일에는 순서가 있는 법이란 말이야. 알겠느냐?"

"예, 스님."

"논에 있는 벼를 베다가 탈곡을 하고, 탈곡한 벼를 잘 말려서 방아를 찧고, 그 쌀을 잘 일고 씻어서 솥에 앉혀 불을 지펴야 밥이 되듯이 이 절에서 하는 공부도 차례가 있고 순서가 있는 법이다."

"하오면 저는 무슨 책부터 읽어야 순서에 맞는 것인지요, 스님."

"전에도 내가 말을 해주었다마는 책보는 게 급한 게 아니고, 사찰 예의범절부터 몸에 익히고, 그 다음에 경을 볼 것이되 조발심자경문부터 잘 읽고 마음에 새긴 뒤에 그 다음에 이 사미율의를 보아야 하는 게다. 내 말 알겠느냐?"

"예, 스님. 스님의 분부대로 순서를 밟아 배우도록 하겠습니다."

5
까만 고무신 한 켤레

며칠이 지난 어느 날이었다.

새벽부터 내린 봄비가 온 산야를 말갛게 씻어내리더니 점심공양을 마친 후에는 거짓말처럼 말짱하게 개어 있었다. 화단의 꽃들이 촉촉히 젖어 있고, 개울물 흘러가는 소리가 다른 때보다 더욱 우렁찬 것 빼고는 정말 언제 비가 왔는가 싶을 정도였다.

윤지호가 공양주를 도와 점심 설거지를 마친 후 행자실에 들어와서 책을 펼치고 있는데 주지스님이 찾는다는 기별이 왔다. 지호 소년은 서둘러 책장을 덮고 스님께 달려갔다.

"부르셨사옵니까, 스님?"

"그래. 내가 오늘 지호 너한테 특별한 선물 한 가지를 주려고 불렀느니라."

스님은 만면에 미소를 지으며 종이로 싼 길쭉한 꾸러미를 풀어 놓았다.
"너 이것이 무엇인줄 알겠느냐?"
주지스님이 내놓은 것은 까만 고무신 한 켤레였다.
일본이 우리나라를 강제로 삼켜 식민지 수탈정책을 펴고 있던 이 무렵, 이 땅에는 새로운 문물이 물밀듯이 들어왔다. 이 나라에 호남선이 개설되어 개통식을 올린 날이 바로 1914년 3월 22일이었고, 경원선이 개통된 것은 1914년 9월 16일. 그 다음해인 1915년 11월에는 동국대학교의 전신인 우리나라 최초의 불교교육기관 불교중앙학교가 설립인가를 받았다.
바로 이 무렵인 1915년 가을부터 이 땅에 처음으로 일제 고무신이 등장했으니, 당시로서 검정 고무신은 그야말로 귀중품 가운데서도 귀중품. 그 귀한 고무신을 소년 윤지호에게 내주는 것이었으니 당시 화계사 주지 전월해 스님이 소년 윤지호를 얼마나 아끼고 예뻐했던지를 능히 짐작할 수가 있다.
그러나 고무신이라는 것을 생전 처음 보는 윤지호는 앞에 놓인 까만 물건이 무엇인지 아무리 요리조리 뜯어봐도 알 수가 없었다.
"잘 모르겠사옵니다, 스님."
"허허허. 니가 알 턱이 없지! 사실은 나도 어젯밤에 처음 봤다. 지호야, 이것이 바로 일본에서 건너온 고무로 만든 신발이라는 게

다. 이걸 너에게 줄 것이니 네가 신도록 해라."

　일본에서 건너온 그 귀한 신발을 자기에게 준다니 지호는 영 믿어지지가 않았다.

　"아니! 이 귀한 것을 저한테 주신다구요, 스님?"

　"암! 아, 인석아, 뭘 그렇게 쳐다만 보고 있는 게냐? 어서 한번 신어봐!"

　윤지호는 순간 눈물이 핑 돌았다. 세상에 어느 누가 있어 자신을 이토록 생각해주고 아껴주겠는가. 지호 소년은 육친보다 더 진한 애정을 쏟아주는 월해스님의 그 따스한 마음이 너무나 고마웠다. 그러나 어떻게 이 귀한 고무신을 덥썩 신을 수가 있겠는가.

　유지호는 조용히 까만 고무신을 스님 앞에 돌려 놓고 나서 말했다.

　"아니옵니다, 스님. 이 귀한 물건을 어찌 감히 제가 신을 수 있겠사옵니까요? 주지스님께서 신도록 하십시오."

　"인석아, 아니야! 이 고무신은 아무래도 부처님께서 지호 너 주라고 보내신 것 같구나."

　"부처님께서 저 주라고 보내시다니요?"

　"아, 어젯밤 총독부에 다니는 보살이 나 신으라고 가져오기는 가져왔다마는 이거 발에 맞아야 신지. 보아하니 지호 네 발에 맞을 것 같애."

"아유, 그래도 그렇지요, 스님. 이 귀하고 값진 것을 제가 어찌 발에다 신을 수 있겠습니까요?"
"인석아, 제 아무리 귀하고 값진 물건이라도 주인이 다 따로 있는 법. 자자, 어서 그 짚신을 벗어놓고 한번 신어봐! 어서, 어서!"
"아, 아닙니다요, 스님."
"허어! 이 녀석이 시키면 시키는 대로 할 것이지! 자자, 어서 발이리 내놔봐! 자, 어서!"
주지스님은 손수 윤지호의 발에다 까만 고무신을 신겨주었는데 신기하게도 맞춘 듯이 딱 들어맞는 것이었다.
"이거, 자로 잰 듯이 딱 맞네그려. 인석 이거 전생에 복을 많이 지은 모양이구먼 그래…… 허허허. 자자, 나머지도 어서 신어봐! 자, 어서!"
윤지호는 스님의 강권에 못이겨 나머지 고무신마저 신었다.
"아이고! 이렇게 고무신 신겨놓고 보니 인물까지 아주 훤해지는 것 같구나. 허허허!"
"스님. 이거 정말로 제가 이렇게 신어도 괜찮겠습니까요, 스님?"
"신발은 인석아 비단으로 만들었건 짚으로 만들었건 발에 맞아야 임자가 되는 게야. 이제 됐으니 그만 가봐라!"
윤지호는 제 발에 신겨진 까만 고무신을 내려보다가 다시 한번

스님께 여쭈었다.

"정말로 저 주시는 것이옵니까요, 스님?"

"허어 인석아! 아, 니 발에 신고 있으면서도 더 무엇을 의심해, 이런! 이젠 지호 네 것이니 어서 그만 가봐! 허허허."

"고맙습니다, 스님. 하온데 스님!"

"왜 또?"

"이 신발, 무슨 신발이라고 그러셨지요, 스님?"

"원, 참 그 녀석! 아, 고무로 만들었으니 고무신이지, 인석아."

"아, 예에. 고무로 만든 고무신이요? 고맙습니다요, 스님."

그 귀하고 값진 고무신을 한 켤레 얻어 신고서 윤지호는 정말 신이 났다. 한 걸음 가다 멈춰 서서 고무신 한번 내려다보고, 또 몇 걸음 걸어가다 멈춰서서 고무신 한번 내려다보면서 하루 종일 벙싯벙싯 입을 다물지 못했다. 이 당시 부잣집 아이들도 신을 수 없는 검정 고무신을 떡 하니 얻어 신었으니 그 기분이 어떠했겠는가.

신바람이 난 소년 윤지호는 귀한 선물을 해주신 주지스님의 뜻을 헤아려 심부름도 더 부지런히 하고, 책도 더 부지런히 읽고, 목탁도 더 열심히 치게 됐다.

그러나 화계사 내에는 주지 스님이 윤지호를 특별히 아끼고 사랑하는 것에 대해 은근히 시기와 질투의 눈길을 보내는 사람들도 더러 있었다.
　어느 날, 한 스님이 나무하러 가려는 윤지호를 불러 세웠다.
　"이것 봐라, 지호야."
　"예, 스님."
　"너 지게 짊어지고 나를 따라 삼성암으로 가야겠다."
　"삼성암에는 왜요, 스님?"
　"이번에 삼성암 중수를 하는데 너를 데리고 가서 심부름도 시키고 그러라고 하셨다."
　"주지스님께서 그렇게 분부를 하셨다구요, 스님?"
　"그래. 장차 큰 사람이 되려면 절을 어떻게 고치고 다듬는지 그런 것도 배워두는 게 좋을 거라고 특별히 너를 지목하셨어."
　"네. 주지스님께서 분부를 내리셨다 하시면 분부대로 따르겠습니다만 지금 당장 가야만 하겠습니까요, 스님?"
　"그건 또 무슨 소리냐? 넌 오늘 날 따라가고 싶지 않다 그런 말이더냐?"
　"아니, 그건 아니옵고요……."
　"아니, 이 녀석이 이거! 귀엽다, 귀엽다 했더니 감히 누구한테 말대꾸냐, 말대꾸가?"
　화계사 산내 암자인 삼성암으로 윤지호를 데리고 가려던 스님은 벌컥 화를 내며 소리를 질렀다. 자신의 말을 끝까지 들어보지도 않

고 대뜸 화부터 내니 난처해진 윤지호는 말대꾸한 것도 잘못이라면 잘못인지라 일단 잘못을 빌었다.
"잘못되었습니다, 스님. 용서하십시오."
"너, 이 녀석."
"예, 스님."
"그동안 기특하다, 귀엽다 스님들마다 칭찬을 해주니까 너 아주 요새는 기고만장해서 그러는 모양인데……"
"아, 아니옵니다, 스님. 제 말은요……."
"그래도 이 녀석이 누구 앞에서 꼬박꼬박 말대꾸를 하고 이래 이 거! 앙!"
"잘못되었사옵니다, 스님. 하오나 제 말은……."
"그러면 날 따라 삼성암으로 올라가자는데, 토를 달고 나선 까닭이 무엇이더란 말이냐? 뭐? 지금 당장 가야만 하느냐구? 나 원 참……."

아무래도 이 스님의 오해를 풀어드려야 할 것 같아 윤지호는 조용히 입을 열었다.
"제가 이 화계사 문 밖으로 벗어나려면 주지스님이나 다른 여러 스님들께 하직인사는 올리고 떠나는 게 도리가 아닐까 해서 그랬습니다요, 스님."
윤지호의 조리있는 설명을 들은 스님은 조금 화가 풀어진 목소리로 윤지호에게 물었다.
 "그러니까 인사를 드리고 떠나게 말미를 달라 그런 말이었더란 말이냐?"
 "그렇습니다, 스님."
 "따로 찾아가서 인사올릴 것 없다."
 "왜요, 스님?"
 "이미 주지스님께서 널 데리고 가라고 분부를 하셨으니 허락은 이미 받은 거야."
 "그래도 그렇지요, 스님."
 "새삼스럽게 다시 찾아가서 번거롭게 해드릴 것 없으니 어서 그만 나를 따라 가자."
 "하오나 스님. 스님께선 주지스님의 분부를 직접 받으셨사오니 그냥 떠나셔도 도리에 조금도 어긋남이 없겠사옵니다만, 저로서는 하직인사를 올리고 떠나는 것이 마땅한 도리가 아닐까 하옵니다, 스님."
 "허허! 그 녀석 참……하긴 니 말을 듣고 보니 니 말도 맞다. 어서 다녀오너라!"
 "고맙습니다, 스님. 저 금방 찾아뵙고 오겠습니다요, 스님."
 훗날의 고암 대종사, 소년 윤지호의 말 한마디 행동 하나하나가 이처럼 어긋남이 없고 도리에 합당하지 아니함이 없었으니 스

님들이 기특하게 여기시고 예뻐하고 아낀 것은 어쩌면 당연한 일인지도 몰랐다.

이렇게 해서 윤지호는 화계사 내 암자인 삼성암에 머물게 되었다.

지호 소년이 삼성암에 머물던 1916년 늦은 가을이었다. 정확한 연대를 밝히자면 1916년 11월 8일.

윤지호는 근방에 심부름을 갔다오다가 우연히 수유리 개천가를 지나게 되었다. 삼각산 굽이굽이를 돌아 내려온, 수정처럼 맑은 물이 흐르는 개천가에는 버드나무가 휘늘어져 있었다. 물이 얼마나 맑은지 개천 바닥에 깔린 자갈이며 모래알조차도 셀 수 있을 정도였다.

때마침 개천에서는 어른, 아이 어울려 물고기를 잡고 있었다. 메기며 피라미며 모래무지들이 그물에 걸려들어 바구니에 담겨졌다. 붙잡힌 물고기들은 살려달라는 듯 바구니 안에서 팔닥팔닥 뛰고 있었다.

그 모습을 바라보고 있던 윤지호는 불현듯 그 물고기들이 불쌍한 생각이 들어 견딜 수가 없었다.

'평화롭게 물속을 헤엄치던 저 물고기들이 무슨 죄란 말인가!'

잠시 후면 사람들의 저녁밥상에 오를 저 물고기의 가혹한 운명을 생각하니 저절로 소름이 끼쳤다. 생각이 이에 미치자 윤지호는 앞뒤 재지 않고 소리치기 시작했다.
"저……아저씨! 물고기 잡는 아저씨!"
"나 말이냐?"
"예, 아저씨."
"왜 그러느냐?"
"여기 잡아놓은 이 물고기들은 어떻게 하실건가요, 아저씨?"
"하하하! 어떻게 하긴! 집에 가져가서 얼큰하게 풋고추 넣고 끓여 먹을 거지."
"아니! 이렇게 팔딱팔딱 뛰는 고기들을 끓여 먹을 거라구요?"
"아니 그럼 인석아! 잡은 물고기를 끓여 먹어야지 어쩐단 말이냐?"
"저, 아저씨. 그러시지 말구요, 아저씨? 이 물고기 저 주시면 안 되겠어요?"
윤지호가 하는 말에 고기 잡던 사내는 어처구니가 없는 표정이었다.
"뭐, 뭐야? 아니 이 물고기들을 너 달라구? 허, 나 원 참, 세상에!"
"거저 달라는 게 아니구요, 아저씨……."
"아니 그럼 네 녀석이 돈이라도 내고 사겠단 말이냐? 이 물고기들을?"

"돈은 지금 가진 게 없구요……."

윤지호는 자신이 신고 있는 까만 고무신을 잠시 내려다보았다. 화계사 주지 월해스님이 특별히 선물한 귀중한 물건, 닳는 게 아까워서 벗어 들고 맨발로 다닐 정도로 아끼던 소중한 물건이었다. 늘 깨끗이 닦아 두었다가 중요한 심부름 갈 때만 신었으니 신발은 아직도 새것같이 반듯하였다.

윤지호는 바구니에서 벗어나기 위해 온힘을 다해 몸부림치는 물고기들과 까만 고무신을 번갈아 바라보았다.

마음속에서 어떤 목소리가 지호에게 소곤거렸다.

'주지스님께서 너를 생각해서 특별히 선사하신 귀한 물건이야!'

다시 또 하나의 목소리가 속삭였다.

'목숨! 이 세상에서 목숨보다 더 소중하고 귀한 것이 있단 말인가?'

서로 다른 생각이 교차했던 짧은 순간이 지났다. 윤지호는 신고 있던 고무신을 벗어 들고는 미소띤 얼굴로 사내에게 내밀었다.

"대신에 이 귀한 고무신을 드릴게요. 아저씨, 자요! 새것이에요."

사내는 윤지호가 내민 물건을 넋을 잃고 바라보았다. 까만 고무신, 보통사람은 구경도 할 수 없는 물건이 아닌가.

"아, 아니! 너 정말 이 귀한 고무신하고 이 물고기하고 바꾸잔 말이냐?"
"예. 자, 보세요! 아주 새것이에요, 아저씨. 이 고무신은 일본에서 건너온 것인데요 십년을 신어도 끄덕없는 그런 고무신이라구요."
"그래. 아주 새것인데? 너 정말 바꾸는거다?"
"예."
미심쩍은 표정으로 지호를 바라보던 사내는 소년의 확답을 듣고 서야 겨우 안심을 하고는 고무신을 요모조모 살펴보기 시작했다.
"히히. 우리 아들 신기면 아주 딱 맞을 것 같은데? 흠. 너 정말 물리자고 하기 없다!"
"예. 자, 그럼…… 이 고무신 아저씨 가지시구요 그 대신 이 물고기들은 이제 제 것입니다, 아저씨."
"어, 그래. 흐흐흐…… 나 참!"
사내는 물고기를 바구니째 넘겨주고는 싱글벙글하며 윤지호가 건넨 까만 고무신을 어루만졌다. 그런데 문득 고개를 들어 보니 신발을 넘겨주고 물고기를 받아간 소년이 저만치서 개울물에 고기들을 모조리 풀어주는 것이 아닌가! 사내는 기겁을 하여 소리쳤다.
"아이고! 저, 저, 저런 미친 녀석을 보았는가. 야, 이 녀석아, 야, 임마!"
그러나 윤지호는 냇물에 고기들을 풀어준 뒤, 뒤도 돌아보지 않고 맨발로 터벅터벅 걸어가고 있었다.

6
흙묻은 신발을 닦는 뜻은

심부름 보낸 지호 소년이 반나절이 넘도록 돌아오지 않자 기다리다 지친 삼성암 스님은 화가 잔뜩 나 있었다.

'오갈 데 없는 놈이라고 불쌍해서 다들 귀여워해주니까 이 녀석이 아주 날 알기를 우습게 안단 말이야. 주지스님께서 예뻐한다고 제깐 것이 나를 만만히 여겨?'

이때 저 아래서 돌아오는 윤지호의 모습이 보이기 시작했다. 잔뜩 벼르고 있던 삼성암 스님은 독기 서린 눈빛으로 천천히 다가오는 지호를 노려보며 냅다 소리를 질렀다.

"아니, 지호 이 녀석! 너 어디 있다가 지금 오는 거냐!"

허기진 배를 부여안고 간신히 삼성암으로 올라오던 지호 소년은 예사롭지 않은 스님의 안색을 살피더니 그만 주춤하였다.

"예. 저……."
"아니, 왜 말을 못하는 게냐?"
스님의 다그침에 윤지호는 기어들어가는 목소리로 대답했다.
"예에. 저…… 오다가 개울에서 놀다 오는 길이옵니다요, 스님."
"뭐야! 아니, 심부름 보냈으면 냉큼 돌아올 일이지, 어쩌자고 …… 아니!"
호통을 치던 스님의 시선이 지호의 발치께에 가 멈췄다.
"아니, 너! 신고 다니던 그 검정 고무신은 어디다 두고 맨발인 게냐?"
"예에…… 저 그 고무신은요……."
"너, 이 녀석! 고무신을 대체 어디다 두었느냐?"
윤지호는 얼결에 입에서 나오는 대로 둘러대고 말았다.
"예. 저…… 개울가에 벗어놓고 놀다 나와보니까 어디로 갔는지 없어졌습니다요, 스님."
"아니, 이 녀석이 이거 정신이 나갔나?"
스님의 눈꼬리가 날카롭게 올라갔다.
"죄송하게 되었습니다, 스님. 한번만 용서해주십시요."
"이런 뻔뻔스런 녀석을 보았는가! 야, 인석아! 그 고무신이 대체 어떤 고무신인데 그걸 잃어버리고 다녀, 엉?"
"잘못되었습니다요, 스님."

"아하! 그러고 보니 개울가에 나갔다는 건 멀쩡한 거짓말이고, 너 저 아래 큰 길 삼거리에 나갔다가 엿장수 꼬임에 넘어가 고무신 벗어주고 엿 바꿔먹었지?"

"아유! 아니옵니다요, 스님. 큰 길가에는 내려가지 아니 했습니다요, 스님."

"거짓말 말아! 이 녀석아!"

스님은 윤지호의 뺨을 거칠게 올려부쳤다.

"어억!"

무방비 상태로 서 있던 윤지호가 중심을 잃고 휘청하면서 땅바닥에 나동그라졌다. 바닥에 넘어지면서 어디엔가 세게 부딪쳤는지 귓부리에서 붉은 피가 흘러나왔다.

"왜, 왜 때리시옵니까요, 스님?"

그러나 스님은 팔짱을 끼고 싸늘한 눈초리로 윤지호를 내려다보면서 계속해서 다그쳤다.

"가만히 두고 보자 보자 하니까 이 녀석이 이거 벌써부터 어른을 속여먹으려고 그래! 너 바른 대로 대라! 엿장수 꼬임에 넘어가 고무신 벗어주고 엿 바꿔먹었지?"

"아니옵니다요, 스님. 정말로 엿 바꿔먹은 게 아닙니다요, 스님!"

"거짓말 말아, 이 녀석아! 그 고무신이 얼마나 비싼 것인지 알기나 해? 이 녀석아! 쌀 두 말을 퍼주고도 구경도 못하는 게 고무신이야, 이 녀석아!"
"정말 잘못되었습니다, 스님."
"듣기 싫어! 더더구나 그 고무신은 주지스님 신으시라고 가져온 것을 주지스님께서 당신은 안 신으시고 일부러 너한테 내려주신 건데 그 정성도 모르고 그래 그걸 벗어주고 엿이나 바꿔먹어? 이 천하에 고약한 녀석!"
"하오나 스님, 정말이지 엿 바꿔먹은 것은 아닙니다, 스님!"
스님은 변명 따위는 더 이상 듣기도 싫다는 듯이 버럭 소리쳤다.
"나가! 너같이 의리없는 놈은 소용이 없으니 그 고무신 다시 찾아오기 전에는 이 절에 얼씬거릴 생각도 하지 말아!"
"……."
"아, 냉큼 나가지 못하겠느냐?"
스님은 당장이라도 윤지호의 멱살이라도 잡아 절 밖으로 끌어낼 듯한 기세였다. 윤지호는 스님의 옷자락을 잡고 눈물을 흘리며 애원하였다.
"잘못되었습니다, 스님. 한번만 용서하여 주시면 고무신 잃어버린 벌로 삼년 동안 맨발로 다닐 것이오니 제발 한 번만 용서하여 주십시요, 스님."
"듣기 싫다! 고무신을 찾아오든지 이 절에서 나가든지 둘 중에

한 가지다. 아, 어서 썩 나가란 말이다!"

"스님…… 스님……."

스님은 울먹이는 윤지호를 거들떠보지도 않고 절 안으로 쑥 들어가버렸다.

윤지호는 땅바닥에 쓰러진 채 울음을 토해내었다.

억울하였다.

뺨을 맞은 것보다 엿을 바꿔먹었다는 누명이 소년 윤지호를 더욱 더 서럽게 만들었다. 그러나 나이 어린 처지로서 별수없는 일이었다.

윤지호는 단 한마디 변명도 하지 않은 채 별수없이 삼성암을 떠나게 되었다. 설령 변명을 했다 하더라도 윤지호의 진실을 알아줄 리 만무하였다.

윤지호는 행여라도 화계사 큰절의 주지스님이나 다른 스님의 눈에 띌 새라 숲속에 몸을 숨기고 쪼그려 앉아 어둡기를 기다렸다가 천천히 산을 빠져나왔다. 주지스님께는 정녕 죄송스런 일이었다.

어두운 마음으로 산을 내려와 큰길에 접어든 소년 윤지호는 의정부와 서울로 갈라지는 수유 삼거리에 서서 화계사를 향해 합장한 채 멀리서나마 하직인사를 올렸다.

'스님, 하직인사도 올리지 못하고 떠나는 이 배은망덕한 놈을 용서하여 주십시요, 스님. 하오나 스님! 그동안 화계사에 머물게 해주시고 부처님 가르침 만나게 해주시고 자비로운 가르침 친히 내려주신 그 은혜는 두고두고 결코 잊지 않을 것입니다, 스님!'

한편, 지호가 삼성암을 떠난 지 며칠 후에야 그 사실을 안 화계사 주지 전월해 스님은 삼성암의 스님을 불러놓고 호통을 쳤다.

"지호 그 녀석이 고무신을 벗어주고 엿을 바꿔먹은 줄 알고 쫓아냈단 말이더냐!"

"예, 스님."

"예이, 멍청한 사람아! 지금 수유리 가오리는 물론 쇠귀골까지 소문이 쫘악 퍼져 있느니라. 웬 아이가 그 귀한 고무신을 벗어주고 물고기를 바꿔서 개울물에 놓아주고 가더라고 말이다!"

뜻밖의 말을 들은 삼성암 스님은 주지스님 앞에 엎드려 잘못을 빌었다.

"제가 큰 잘못을 저질렀사옵니다, 스님. 지금이라도 제가 나가서 찾아오도록 하겠습니다."

그러나 주지스님은 소용없다는 듯이 고개를 저었다.

"음...... 소용없는 일! 자비보살 보현보살이 눈앞에 계셨건만 눈먼 중생은 알아뵙지를 못했느니라."

"잘못되었습니다, 스님. 잘못되었습니다, 스님!"

주지스님은 거듭 용서를 비는 삼성암 스님을 바라보다가 조용히 옛이야기 한가지를 들려주었다.

"부처님이 어느 겨울, 3백 제자들에게 설법을 하고 계셨느니라. 이때 열일곱 살 난 무식한 초동이 찾아와서는 무릎을 꿇고 말했다. 자기도 고명한 제자들의 말석에서나마 부처님 말씀을 듣기를 원한다고 말이야. 그러나 제자들은 이 무식한 초동을 받아들이려 하지 않았지.

물끄러미 제자들을 지켜보던 부처님은 그 초동에게 이렇게 말했느니라. 토방에 놓여 있는 3백 켤레의 흙묻은 신발을 깨끗이 닦은 후에 제자들과 같이 앉으라고 말이다. 그 무식한 젊은이는 그 말씀을 새겨서 여러 달 동안에 걸쳐 제자들이 벗어놓은 3백 켤레의 더러운 신발을 티끌 한 점 없이 깨끗이 닦아 놓았다. 처음에는 이 무식한 초동을 업신여기고 거들떠도 보지 않던 제자들의 태도가 차츰차츰 변해갔느니라.

마침내 몇달 뒤에는 제자들이 오히려 그 초동에게 머리를 숙이게 되었어. 이 모든 변화를 끝가지 지켜본 부처님께서는 그 초동을 3백 제자들 앞에 불러 앉히고는 '나는 너에게 더 가르칠 것이 없다, 너는 학식 많은 저 출가자들보다도 더 높은 법을 깨쳤다!'라고 말씀하셨다. 그리고 부처님께서는 3백 제자들에게 그 초동의 행덕을 따르도록 타일렀느니라……"

"스님……"

"지호 그 녀석이, 제가 지닌 가장 소중하고 귀한 것을 바쳐가며,

너희들의 그 이기심으로 얼룩진 마음보를 닦아내려 했거늘 어찌 너희가 그것을 모르느냐!"
 "스님, 제가 좁은 소견으로 큰 잘못을 저질렀습니다요. 용서하여 주십시오, 스님!"
 주지스님 앞에 머리를 조아리던 삼성암 스님의 눈에서 마침내 뜨거운 참회의 눈물이 걷잡을 수 없이 흘러내렸다. 주지스님은 삼성암 스님을 일으켜 앉혔다.
 "용서는 나에게 구할 것이 아니야, 이 사람아. 자네가 이제부터 또 한 사람의 초동이 되어 삼백, 사백의 마음을 닦아내면 되는 게야. 잘 알겠는가?"
 "예, 스님…… 명심하겠습니다요."

 이때 삼각산 화계사의 산내 암자 삼성암을 떠난 소년 윤지호는 정처없이 서울 장안을 쏘다니고 있었다. 이 절 저 절, 눈에 띄는 절마다 기웃거려보기도 하였으나 정작 들어가지는 못하고 절 밖에서 서성거리기 일쑤였다. 하루종일 서울 거리를 쏘다니다가 해가 지면 남의 집 헛간에 쓰러져 잤고, 어쩌다 식은 보리밥 한술이라도 생기면 무슨 맛인지도 모르고 씹어 넘겼다.
 그 무언가를 향한 마음의 갈증은 깊어만 갔다. 예전의 땔나무꾼 윤지호로 돌아가기에는 화계사에서의 경험이 너무나 깊게 마음속

에 자리잡고 있었다. 그렇다고 다시 화계사로 돌아갈 수는 없었다.

문득 도봉산에서 만나 같이 하룻밤을 보냈던 노스님의 마지막 말이 생각났다.

'구름 가는 대로 물 흐르는 대로 가느니라!'

허허로운 미소와 함께 그 한마디를 남기고 표연히 사라지던 그 노스님의 모습이 눈앞에 서있기라도 하듯 선연히 떠올랐다. 가진 것 하나 없는 그 노스님이 그렇게 넉넉해 보일 수가 없었다.

윤지호는 그 스님의 마지막 말을 떠올리면서 두 주먹을 꽉 움켜쥐었다. 더 이상 기울 것도 없는 누더기를 걸치고, 늙은 몸 의탁할 절 한 군데 없어도 그렇게 의연하던 스님의 맑은 영혼을 움켜쥐기라도 하듯이.

'무엇이 두려우랴? 나는 이렇게 젊은데!'

윤지호는 그때까지 느낄 수 없었던 어떤 깨침이 온몸에 번지는 기쁨을 느꼈다. 가슴 저 밑바닥에서부터 치밀어오르는 뿌듯한 감정이 허물어진 그의 마음을 다시 추스려 세웠다.

다시 생기를 되찾게 된 윤지호는 느긋하게 서울 장안의 골목골목을 누비고 다녔다. 서울의 골목은 대개가 꼬불꼬불한 길이 많았고, 가다 보면 막다른 골목에 부딪치기 일쑤였다.

조선조가 창건되고 수도를 한양으로 옮긴 다음 나라에서는 신하들에게 집을 지을 땅을 나누어 주었는데, 계급과 신분에 따라 차등을 두어 나누어 주다 보니 높은 신분의 양반이 제일 먼저 좋은 자리를 차지했으며, 이들은 큰길에서 자기네 집 앞까지만 길을 닦았다. 이런 일이 오랫 동안 되풀이 되다 보니 골목은 꼬불꼬불해지고 좁아지기 일쑤였으며 막다른 골목도 생겨나게 된 것이다.

이 당시에는 서울을 셋으로 나누어 북촌, 남촌, 중촌이라고 했는데, 청계천을 중심으로 북쪽을 북촌이라 하여 주로 벼슬아치와 양반들이 모여 살았다. 또한 서울에는 우대와 아랫대가 있었는데 우대는 북쪽에서도 삼청동을 비롯해서 경복궁 서쪽, 체부동, 팔판동, 누상동, 누하동, 필운동, 옥인동, 사직동 등을 가리켜 우대라 했다. 우대 양반이란 바로 서울 양반 중에서도 세도가들을 대표했다.

이런 골목을 걸어가다 보면 흔히 맨발에 짚신을 신은 젊은이가 바지를 무릎 가까이 걷어올리고 물지게를 지고 골목 안으로 삐걱거리며 들어가는 광경은 이 당시 북촌 골목에서 흔히 볼 수 있는 광경이었다.

한편, 동대문 밖 신설동이나 왕십리 일대는 아랫대라고 불렀는데 상인들이나 서민 계층의 사람들이 많이 살았고 인심 또한 훈훈하여 윤지호 같은 떠돌이 소년이 지내기에는 그지없이 편한 곳이었다. 특히 아랫대 사람들은 겨울이 오면 배추를 다 뽑고 난 빈 배추밭에 땅을 깊이 파고 지붕을 씌워 '깊은 사랑'이라는 움집을 만들었다.

'깊은 사랑'은 동네사람들이 모여 가마니를 짜거나 새끼를 꼬며

훈훈한 이야기판을 벌이는 일종의 사랑방 구실을 하는 곳이었는데, 간혹 길 가는 나그네를 재워주기도 했다.

윤지호는 낮으로는 절구경을 하면서 돌아다니고 밤이 깊으면 이 '깊은 사랑'에 기어들어 잠을 청하곤 했다.

그러던 어느 날 아침의 일이었다.

윤지호는 그날도 '깊은 사랑'에서 잠을 자고는 이른 아침에 일찍 큰 길가로 나섰다. 때마침 제법 규모가 큰 마굿간 앞을 지나게 되었다. 이 마굿간은 십여 마리나 되는 많은 말을 부리고 있었다. 자동차가 없을 때였으니, 소나 말이 끄는 우마차가 가장 큰 수송수단이었다.

윤지호는 문득 호기심이 일어 여물을 먹고 있는 말들에게로 다가갔다. 낯선 얼굴이 가까이 다가오는 것을 보더니 제일 앞에 서 있던 말이 놀랐는지 커다란 소리로 '히히힝!' 하고 울었다.

"아유, 깜짝이야! 아유! 하마터면 간 떨어질 뻔했네."

윤지호는 그렇게 중얼거리면서도 말에게 더욱 가까이 다가섰다. 이때 등 뒤에서 낄낄거리며 웃는 소리가 들려왔다.

"헤헤헤. 야, 인석아! 뒤로 물렀거라. 거기 그렇게 바짝 서 있다 간두루 말 발길질에 채일라!"

말 주인으로 보이는 살찐 중년사내였다.

"하지만, 전 염려없어요!"

"아니, 염려없다니! 말이 뒷발로 차는데도 염려가 없어?"
"이 말이 저를 발길로 차지는 않을 겁니다요."
"아니, 그건 또 왜?"
"제가 이 말들을 해칠 생각이 없는데 무슨 까닭으로 발길질을 하겠습니까요? 그렇지 말들아?"
 말들은 윤지호의 말에 마치 대답이라도 하듯이 일제히 '히히힝' 거렸다.
"하하하! 이것 보십시요, 아저씨! 제 말에 대답을 하지 않습니까요?"
 사람 좋아 보이는 중년의 사내는 윤지호의 우스갯 소리가 밉지 않았는지 어깨를 들썩이며 유쾌하게 웃었다.
"허허허. 나 원참! 이 세상에 또 말들하고 말이 통한다는 녀석을 다 보겠네! 아니 그래, 인석아."
"왜요, 아저씨?"
"너 정말 이 말들 하고 말이 통하기라도 한단 말이냐?"
"글쎄요…… 어쩐 일인지 전 말들이 좋구요, 소들도 좋구요, 개도 염소도 다 좋은 거 같아요. 마음이 통해서요."
"허허허. 짐승들하고 마음이 통한다니 별 녀석을 다 보겠네그려. 흐으흠. 야, 너 정말 그러면 말이다 아, 아니 저 그것보다도 너 대체 어디 사는 아이더냐?"

"전 사실은 집도 절도 없이 혼자 사는 처지입니다요."
"너 그럼 말이다. 니가 짐승들을 워낙 좋아한다고 그랬으니깐두루…… 저기, 그래서 하는 말이다만 너 혹시 우리 마방에서 이 말들을 돌보면서 살 생각 없냐?"
마굿간 주인의 느닷없는 제의에 윤지호는 선뜻 대답을 못하고 망설였다.
"글쎄요……."
"마침 말 돌보던 아이가 나가버려서 그러니깐두루, 다른 마방에서는 하루 두 끼 먹여주고 재워주고 그런다지만 우리 마방에서는 하루 세 끼 다 먹여주고 재워주고, 새경은 일하는 거 봐서 후하게 쳐줄테니까 어떠냐, 여기서 살고 싶은 생각 없느냐?"
"그러면 하루 종일 이 마방에만 있어야 하나요, 아저씨?"
"어, 아니다? 이 마방에서는 아침 저녁으로만 바쁘지 말들이 마차 끌고 일하러 나가면 낮으로는 아주 할일이 없어요!"
"그러면 낮으로는 제 마음대로 나가다녀도 괜찮다는 말씀이시지요?"
"아유, 그러엄! 그대신 새벽 일찍하고 저녁에만 잘 돌봐주면 된다."
마굿간 주인의 시원스런 대답에 윤지호는 흡족하게 웃으면서 대답했다.

"좋습니다요, 아저씨! 그럼 저 이 마방에서 살겠습니다요."

묘한 인연이었다. 이상하게도 화계사 삼성암과는 인연이 닿지 않았던지 떠나오게 되었고, 동대문 밖 마방과는 또 인연이 맞았던지 말들을 보살피고 마굿간 청소하고 마차 손보는 일을 하게 된 것이었다.

윤지호는 말들이 마차 끌고 일하러 나간 낮시간에 서울 장안을 다니며 이 절 저 절 절구경을 하고 다니는 게 큰 낙이었다. 참으로 전생부터 절과는 깊은 인연을 타고난 모양이었다.

7
세끼 밥을 한번에 먹으면 탈이 나는 법

그러던 1917년이었다.

서울 한강 인도교가 처음으로 설치되어 개통된 10월 17일에서 이틀이 지난 19일의 일이었다. 당시 서울 사동의 어느 거리를 걸어가다 보니 어떤 건물 앞에 사람들이 모여서 웅성거리고 있는 것이었다.

윤지호는 웬 사람들이 이렇게 많이 모였나 하는 호기심에 그 건물 앞으로 다가갔다. 서양식으로 지어놓은 그 2층 건물의 입구에는 조선불교 임제종이라는 간판이 붙어 있었다.

윤지호는 건물 안에서 나오는 한 사내에게 말을 건넸다.

"저……말씀 좀 여쭙겠사옵니다요, 아저씨."

"어, 왜 그러시는가?"

"저 간판을 보아하니 절 같은데요. 오늘 이 절에서 무슨 일이 있기에 이렇게 사람들이 많이 모였답니까?"

"글쎄, 나도 잘은 모르겠네마는 조선에서도 제일 유명한 도인스님이 오늘 이 자리에서 설법을 하신다고 해서 이렇게 많은 사람들이 모여들었지."

"그 도인스님이 대체 누구시온데요?"

"얼굴을 한번만 쳐다만 봐도 사람을 반하게 만드신다는 도인스님이신데, 백용성 스님이시라네."

"백용성 스님이시라구요?"

'도인스님'이라는 말에 솔깃해진 윤지호는 그날 서울 사동 임제종 포교원에서 백용성 큰스님의 설법을 듣게 되었다.

백용성 큰스님은 16세 때 해인사에서 득도하여 천하의 선지식들과 도를 나누었고, 한일합방과 더불어 주권이 일본에 넘어가자 독립운동을 활발히 벌여 나가시던 당대의 선각자였다.

16살 연하의 만해 한용운과도 절친한 관계였고 훗날 3·1운동의 지도자로 일경에 체포되어 옥고를 치르게 되는데, 바로 이 용성스님과의 만남이 마방에서 일하던 소년 윤지호의 인생을 백팔십도로 뒤바꿔놓고 말게 될 줄이야 그 누가 짐작이나 할 수 있었겠는가.

"…… 그때 부처님께서는 대중 교화를 위해 우르벨라라는 곳으로 가시던 길이었습니다. 하루는 잠시 다리도 쉴 겸 해서 울창한

숲속으로 들어가 나무 밑에 앉았습니다. 아, 그런데 그때 한 삼십 명 정도 되는 젊은 청년들이 한 여인을 찾아 정신없이 그 숲속을 헤매고 있는 것이었어요. 행색을 보아하니 양가집 자제가 분명한데 아마 같이 놀러나왔던 유녀가 도망을 간 모양이었어. 그 유녀란 우리나라 기생과 같은 신분의 여자를 말하는 것이오. 그래 부처님께서는 그 중에 한 젊은이를 불러 무얼 그리 열심히 찾소, 하고 물어보았지요. 그 젊은이는 유녀가 우리의 옷과 재물을 훔쳐 달아났습니다, 하고 대답을 하는 것이었습니다. 유녀를 불러 환락에 몸을 맡기고 있던 젊은이들이 이제는 재물을 찾기 위하여 그렇게 정신없이 여인을 찾아나선 것이지요. 이 젊은이는 부처님께 혹시 이러이러한 여인을 못보셨소, 하고 묻는 것이었어요. 여러 보살님들, 거사님들? 이때 부처님께서는 뭐라고 대답하셨겠습니까? 부처님은 그 젊은이에게 이렇게 반문하였습니다. '젊은이여! 그대들은 어찌하여 자기 자신을 찾으려고 하지 않는가? 젊은이여, 그대들은 어떻게 생각하는가. 달아난 여자를 찾는 일과 잃어버린 자기 자신을 찾는 일 중 어느 것이 더 중요한 일이라고 생각하는가'…… 이렇게 말입니다."

　부처님처럼 훤하게 잘 생기신 백용성 큰스님의 설법은 그야말로 청산유수였다. 윤지호는 어떻게 하면 나도 저런 스님이 될 수 있을까 하는 부러운 생각마저 들었다.

그래서 그후로는 틈만 나면 사동으로 달려가서 백용성 큰스님의 설법을 열심히 들었는데, 큰스님의 설법을 듣다 보니 그만 재미가 붙어서 열아홉 살 되던 해 여름에는 아예 매일 지금의 인사동에 있던 포교당으로 가서 설법을 듣는 것이었다.

어느 날 윤지호는 설법이 끝난 뒤 백용성 큰스님께 넙죽 큰절을 올리고 한말씀 여쭙게 되었다.

"큰스님께 한말씀 여쭙고자 하옵니다."

"아니, 자네 여태 안 가고 계셨던가?"

"예. 큰스님께 여쭐 말이 있어서 다른 사람들이 가기를 기다리고 있었습니다, 스님."

"그래. 나한테 묻고자 하는 것이 과연 무엇이던고?"

"예, 스님께서 설법하실 적에 말씀하시기를 '금강경 말씀이 모두 비어 공했다, 모든 형상이 꿈과 같다' 그렇게 말씀하셨사옵니다."

"음. 내 그렇게 말했지. 그런데?"

"금강경 말씀이 모두 비어 공했다, 모든 형상이 꿈과 같다 하셨으니 그 말씀이 대체 무슨 말씀이신지요?"

"그것이 바로 그 금강반야지."

"금강반야라 하옵시면……."

"여보시게, 자네."

"예, 스님."

"자네, 저 매미 소리가 들리시는가?"
"예?"
"어허! 저 매미소리 말씀이야."
"예. 들리옵니다, 스님."
"허면, 귀머거리에게도 저 매미소리가 들리겠는가 안들리겠는가?"
"예, 귀머거리에게는 들리지 않을 것이옵니다."
"허면 자네 눈을 감고 있으면 저 오동나무가 보이겠는가."
"아 그, 그야…… 보이지 아니할 것입니다, 스님."
"바로 그와 같네."
"예? 무슨 말씀이시온지요, 스님."
"귀가 있으되 매미소리를 듣지 못하는 귀머거리처럼, 눈이 있으되 눈을 감고 있는 사람처럼, 금강반야를 눈앞에 두고도 보지 못하고 귀 옆에 두고도 듣지를 못하니 그래서 중생들이 가엾다고 하시는 게야."
"하오면 스님! 어떻게 하면 제대로 듣고 제대로 볼 수 있는 것인지요?"
"그야 눈뜨는 공부를 하면 눈이 뜨일 것이요, 귀 열리는 공부를 하면 귀가 열릴 것이 아니겠는가."
알 듯 모를 듯한 말에 고개를 갸웃거리는 윤지호를 바라보며 의

미심장한 미소를 짓던 용성스님은 갑자기 돌아서며 말하는 것이었다.
"난 그만 가봐야겠네."
"어디로 가시는데요, 스님?"
"포교당 설법을 오늘로 마쳤으니 산으로 가야지. 인연이 닿거든 또 만나세!"
"아이구…… 저, 스님, 스님!"
당황한 윤지호는 발을 동동 구르며 스님을 애타게 부르다가, 아무래도 안되겠던지 점점 멀어져 가는 백용성 큰스님의 뒤를 따르기 시작했다.
동대문을 지나고 수유리를 지나니 사방은 어느덧 어두워지기 시작했다. 용성스님은 이윽고 도봉산을 오르기 시작했다. 윤지호는 허겁지겁 그 뒤를 따라 산을 올랐다.
어둠에 쌓인 산자락에 들어서자 앞에 가시던 백용성 큰스님의 모습이 잘 보이지 않았다. 윤지호는 숨이 턱까지 차올라서 연신 헉헉거리면서 애타는 목소리로 용성스님을 불렀다.
"저, 스님! 스님! 스님!"
이때 마치 기다렸다는 듯이 착 가라앉은 용성 큰스님의 목소리가 들려왔다.
"그래, 무슨 일로 나를 또 부르시는건가?"

"예, 저……."
"나한테 물어볼 것이 또 남아 있던가?"
"예. 저…… 허락하여 주십시요, 스님."
"허락을 해 달라니! 무엇을 말씀이신가?"
"예. 저, 스님을 따라가고자 하오니 허락하여 주십시요."
"하하하하…… 여태껏 내 뒤를 졸졸 따라와 놓구선 이제와서 새삼스럽게 허락을 해 달라는 소리는 또 무슨 소리든고?"
"아, 예. 그건 저……."
"이것 보시게."
"예, 스님."
"대체 누가 자네한테 나를 따라가라고 시키기라도 했는가?"
"아, 아니옵니다요, 스님."
"허면, 내가 자네더러 내 뒤를 따라오라고 시켰든가?"
"그, 그건 아니옵니다요, 스님."
"허면, 자넨 어찌해서 내 뒤를 졸졸 따라오게 되었는고?"
"예. 저, 그건 말씀이옵니다요……."
"자네 그 발이 따라가자고 시키시든가?"
"발이요? 아, 아닙니다요, 스님."
"허허. 허면 두 팔이 시킨 모양이로군!"
"두 팔이요? 아, 아닙니다요, 스님."

"그러면 대체 무엇이 자네로 하여금 내 뒤를 졸졸 따라오게 시켰더란 말인고?"
"그건 말씀이옵니다요······."
"코가 시키시든가, 눈이 시키시든가, 귀가 시키든가?"
"그건 잘 모르겠사온데요, 스님."
스님의 호탕한 웃음소리가 온산을 뒤흔들었다.
"하하하하. 기왕 여기까지 따라왔으니 날 따라가세! 그대신 날 따라오게 시킨 것이 과연 무엇인지 그걸 한번 곰곰이 생각해 보시게. 자 어서 가세나!"
윤지호는 백용성 큰스님을 따라 도봉산 망월사로 올라가게 되었다.

망월사는 도봉산 중에서도 가장 높은 봉우리인 자운봉 중턱에 세워진 절이었다. 신라 선덕여왕 8년, 서기 641년에 해호(海浩) 조사가 왕명을 받들어 창건한 절로 신라의 서울인 경주, 즉 월성을 바라보며 신라의 융성을 기원하던 곳이라고 해서 바라볼 망(望) 자, 달 월(月) 자를 써서 망월사란 이름이 생겨났다고 전해진다.
고려 문종 30년(1076)에 중창됐고, 조선조에 들어와서는 숙종 17년(1691)과 정조 4년에 거듭 중창되어 오늘에 이르고 있는, 도

봉산 중에서 가장 역사가 오래 되고 수많은 고승을 배출한 절로 알려져 있다.

이 망월사에서 저녁 공양을 마친 뒤 용성 큰스님은 지호를 불러 앉혔다.

"이것 보시게."

"예, 스님."

"내 뒤를 따라 이 망월사로 오면서 대체 무엇이 그대로 하여금 내 뒤를 따라오게 하였는지 그것을 알아보았는가?"

"예. 이리 생각, 저리 생각 궁리는 해보았사옵니다만 아직 그것이 무엇인지 잘 알지 못하겠습니다, 스님."

물끄러미 윤지호를 바라보던 용성 큰스님은 빙긋이 웃으며 말했다.

"그것이 바로 주인공이라네."

"주, 주인공이라뇨, 스님?"

"자네 몸뚱어리에게 걸어가거라, 멈추어라, 고단하니 앉아서 쉬어라, 배가 고프니 밥을 먹어라, 이렇게 오만가지 분부를 내리는 것, 그것이 바로 자네의 주인공이란 말일세."

"아, 예. 하오면 그 주인공이 대체 무엇이온지요, 스님?"

"우리 불가에서는 바로 그 주인공을 불성이라고도 하고, 마음이라고도 하는 게야."

"마음이라고요, 스님?"

"마음 하나 바로 보고 바로 다스려 깨우치면 그것이 바로 대각의 부처요, 마음 하나 바로 보질 못하고 어지러우면 그것이 곧 중생인 게야."

"하오면 스님! 이 세상 천지만물은 어떻게 해서 생겨나고 어떻게 하면 없어지는 것인가요?"

윤지호의 말이 끝나자마자 용성 큰스님은 돌연 호롱불을 입으로 불어 꺼버리는 것이었다. 어둠에 쌓인 캄캄한 방 안에는 정적이 흘렀다.

한동안 아무 말 없이 그린 듯이 앉아 있던 용성스님은 느닷없이 성냥불을 확 그었다. 조그만 불꽃은 방 안의 어둠을 갉아먹기라도 할 듯이 빨간 혀를 쉴새없이 날름거렸다.

"이 불은 대체 무엇으로 인하여 생겨났는고?"

"잘 모르겠사옵니다, 스님."

"이제 또 내가 이 불을 불어서 꺼버렸네. 어쩐 연유로 불이 없어졌는고?"

"잘 모르겠사옵니다, 스님."

"불은 대체 어디서 어떻게 생겨났으며 대체 또 어디로 가버렸는고?"

"잘 모르겠사옵니다, 스님."

"사람은 물론이요 이 세상 천지만물이 다 이와 같은 것! 인연이 모여 생겨났다가 인연이 흩어지면 없어지는 게야."

"하오면 스님……."

"음. 내 다시 성냥을 켤 것이니 자세히 보시게."

용성스님은 다시 성냥불을 당겼다.

"이 불의 둥글고 길쭉하고 끝이 뾰죽한 것은 불의 모양이라 할 것이요, 이 붉은 것은 불의 빛깔이라 할 것이요, 뜨거운 것은 불의 성질이라 할 것이며, 환한 것은 불의 광명이라 할 것이요, 불이라고 하는 것은 그 이름이라 할 것이야."

"스, 스님……."

용성 큰스님은 다시 훅 하고 불을 꺼버렸다.

"이제 불을 꺼버렸네. 이 성냥꼬투리 끝에도 불이 없고 성냥곽 당황에도 불이 없으니 흐흠, 과연 이 불은 어디로 갔는가?"

"없어졌사옵니다, 스님."

"허나 다시 이 성냥을 황에 대고 부딪치면은 없어진 불이 다시 생기거든!"

"예, 스님."

"이제 인연이 합쳐지면 생겨나고 인연이 흩어지면 없어지는 것을 아시겠는가?"

"하오면 스님……."

용성스님은 빙그레 웃으며 윤지호의 질문을 막았다.
"한꺼번에 모든 것을 알려고는 하지 마시게. 세 끼 밥을 한번에 먹으면 탈이 나는 법이니까. 허허허……."

8
법의 문

용성 큰스님을 모시고 도봉산 망월사에서 지내는 동안 윤지호는 삭발출가하여 용성스님 같은 큰스승이 되기로 결심을 굳혔다. 말하자면 용성스님의 법문에 이끌려 발심을 하게 된 셈이있다.

어느 날 윤지호는 망월사 원주스님께 넌지시 여쭈었다.

"저, 원주스님."

"왜 그러는가?"

"예. 저……사실은요, 원주스님. 저도 스님처럼 삭발출가하여 스님이 되고 싶은데 어떻게 해야 되는 것이온지요, 스님."

"정 그렇다면 큰스님께 말씀을 올리고 큰스님 허락을 받아야 할 것이니 오늘이래두 큰스님께 말씀을 드려보도록 하게."

"아, 예. 그럼 그리하도록 하겠습니다."

원주 스님의 말에 윤지호는 용기를 내서 백용성 큰스님을 찾아뵙고 삭발출가를 허락해 달라고 간청했다.
"으음…… 삭발출가하여 중이 되겠다고 하셨는가?"
"예, 스님. 큰스님 밑에서 공부하기 소원이오니 허락하여 주십시요."
그러나 용성 큰스님은 조용히 고개를 젓는 것이었다.
"내 밑에서는 안될 소리……."
"예? 아니 어찌하여 안된다 하십니까요, 스님?"
"중다운 중 노릇을 제대로 하려면 대중들과 함께 어울려 공부를 해야 하는 법! 정 자네가 출가하려거든 가야산 해인사로 내려가도록 하시게."

윤지호는 백용성 큰스님의 분부를 따라 가야산 해인사로 내려가게 되었다.
임진왜란 때 금강산, 지리산, 덕유산, 속리산이 모두 왜군에게 점령당했는데 이 가야산만은 그 천혜의 지리적 조건으로 인하여 왜군의 침입으로부터 안전했다고 전해진다. 뾰족뾰족 솟아난 암봉들이 멀리서 보면 청정수려한 한 송이 연꽃이 공중에 떠있는 듯한 신성한 산이었다.
이 가야산에 자리잡은 해인사는 수십 채의 절집이 머리를 맞대

고 있어 비오는 날에도 비를 맞지 않는다는 말이 있을 정도로 큰 규모와 위용을 자랑하는 절이었다.

이 당시 경상도 합천 가야산 해인사에는 덕 높고 계율 청정하기로 소문난 제산 큰스님이 퇴설당에 주석하고 계셨다. 해인사에 내려가 행자 노릇을 하고 있던 윤지호는 어느 날 제산스님을 찾아뵙고 엎드려 절하였다.

윤지호로부터 전후 사정을 듣고 난 제산스님은 고개를 끄덕이며 말했다.

"그러니까 자네는 용성스님 법문을 듣고 발심하게 되었더라 그런 말이로구만."

"예, 그러하옵니다."

"그렇다면 이 사람아! 용성스님 밑에서 출가를 해야지 어쩌자고 나를 찾아왔더란 말인가, 그래?"

"아니옵니다, 스님. 용 자 성 자 스님께서 가야산 해인사에 가서 출가하라 이르셨습니다."

"그래도 그렇지. 용성스님 문하에서 출가하는 게 나보다는 나을 것이야."

"아니옵니다, 스님. 그렇지 않아도 저는 용 자 성 자 스님을 제 법사님으로 마음속에 모시고 있사오니 스님께선 저를 중으로만 만들어 주십시오."

제산스님은 어이가 없다는 듯 껄껄 웃었다.
"허허허. 이 사람, 이거 절차도 법도도 아직 제대로 모르는구만. 법사스님은 은사스님을 정한 뒤에 정하는 게야."
"죄송하게 되었습니다, 스님. 제가 그만 사찰 법도를 잘 몰랐습니다. 용서하십시요."
얼굴이 귓부리까지 새빨개진 윤지호가 고개를 조아리며 사죄를 드리자 제산스님은 빙긋이 미소지으며 입을 열었다.
"으음…… 그래 알았네. 용성스님과 나 사이에야 절차와 순서가 무슨 큰 상관이겠는가. 용성스님을 법사로 모시겠다니 내 기꺼이 머리를 깎아주겠네."
"고맙습니다, 스님. 참으로 고맙습니다."
세속 나이 열 아홉 살이던 1917년 음력 칠월 보름날 윤지호는 제산스님을 은사로 용성스님을 법사로, 해인사에서 출가득도하게 되었다. 이때 제산스님이 지어 내리신 법명은 상서로울 상(祥) 자, 선비 언(彦) 자 상언.
사미승이 된 상언은 이때부터 본격적으로 사미과를 공부하기 시작했다. 어느 날 제산스님은 상언을 불러앉히고 말했다.
"이것 보게, 상언."
"예, 스님."
"장차 나이가 차서 구족계를 받으려면 사미의 공부를 마쳐야 하

는 법. 그동안 사미율의는 제대로 읽으셨는가?"
"예, 스님."
"그러면 어디 그동안 공부를 얼마나 지성으로 했는지 경책을 덮어두고 한번 외워보시게."
"예, 어느 대목을 외워야 하올지요, 스님?"
"경 대사문 제일부터 외워보시게."
"예. 경 대사문 제일. 부득환 대사문자라. 부득도청 대사문 설계하라."
"뜻도 모르고 글자만 외우면 소용없는 법. 뜻풀이를 해서 외워보시게."
"예. 큰스님 공경하는 법. 큰스님의 함자를 부르지 못한다. 큰스님께서 계율 말씀하시는 것을 엿듣지 못한다. 돌아다니면서 큰스님 허물을 말하지 못한다. 앉아 있다가 큰스님 지나가시는 것을 보고도 일어나지 아니하면 못쓴다. 허나 경 읽을 때, 병들었을 때, 머리 깎을 때, 밥 먹을 때, 울력할 때에는 일어나지 아니 해도 되느니라……."
"으음……."
"행호에 이르기를 오하가 넘는 이는 곧 아사리가 되고, 십하가 넘는 이는 곧 화상이 된다 하였으니 이것은 비구의 일이지만 사미도 미리 알아야 하느니라."

"그 다음 장을 외워보시게."

"예, 스님. 시봉하는 법. 일찍 일어나야 한다. 방에 들어가려 할 적에는 먼저 손가락을 세 번 튕겨야 한다. 허물이 있어 아사리나 화상께서 꾸중하실 적에 퉁명스런 말로 대답해서는 안된다. 아사리나 화상 대하기를 부처님 대하듯 해야 한다. 더러운 그릇을 비워오라 분부해도 침뱉지 못하며 투덜거리지 못한다. 스님께서 좌선하면 절하지 아니하며 경행하면 절하지 아니하며 공양드실 때, 경 말씀하실 때, 양치질하실 때, 목욕하실 때, 누워계실 때에는 절하지 아니한다."

"허면, 스님의 분부를 받아 서찰을 전할 적에는 어찌하라 하셨는고?"

"예. 스님의 분부를 받아 서찰을 전할 적에는 가만히 떼어보지 못하며, 다른 사람을 주어 보게 하지 못하며, 서찰을 받은 사람이 무슨 일을 묻거든 대답할 것은 사실대로 대답하고 대답하지 아니할 것은 좋은 말로 막을 것이며, 묵어가라 하여도 묵지 말고 스님이 돌아오기를 기다리실 것을 정성껏 생각해야 하느니라."

"하면, 스님의 자리는 어찌 보전해야 한다고 이르셨는가?"

"예. 스님이 앉으시는 자리에는 장난삼아 앉지 못하며, 스님 평상에 눕지 못하며, 스님의 옷과 모자를 입거나 써보지 못한다 하였습니다."

막힘없는 제자 상언의 대답에 제산스님은 흡족한 표정으로 고개를 끄덕였다.

"음! 그만하면 공부를 아주 썩 잘하였구만! 내 또다시 물을 것인즉 그 다음 공부도 통달하도록 하게."

"예, 스님. 분부 받들어 열심히 공부하겠습니다."

오늘날에야 한글로 번역되어 있는 경전이 여러 가지 많이 나와 있으니 공부하기가 한결 쉬워졌으나 고암스님이 공부를 하기 시작한 이 당시만 해도 불교경전은 그야말로 모조리 한문으로만 되어 있었기 때문에 경을 읽고 그 뜻을 새긴다는 것은 여간 어려운 일이 아니었다.

그러나 제산스님은 수시로 제자를 불러 앉히고 행여라도 공부를 게을리 할까 하여 점검을 하시곤 했으니 언제 어느 대복을 물어오실지 알 수 없는 일이라 단 한시도 게으름을 피울 수가 없었다.

"허면 오늘은 스님을 모시고 다닐 적에는 어찌하라 이르셨는지 그걸 한번 대답해 보게."

"예, 스님. 스님을 모신 채 남의 집을 찾아다녀서는 아니 될 것이며, 길가에 서서 다른 사람과 이야기하지 못하며, 한눈을 팔면 아니 될 것이니 고개를 숙이고 스님의 뒤만 따라가야 하느니라. 시주집에 가서는 한켠에 서되 스님이 앉으라 분부하기 전에는 앉아서는 아니된다. 다른 절에 가서 스님이 예불을 하실 적에나 본인이 예불할 적에 함부로 경쇠를 치지 못하며, 산에 갈 적에는 깔 것을 가지고 따라갈 것이요, 먼 길 갈 적에는 너무 뒤에 떨어져서는 안 될 것이요, 물을 건너게 될 적에는 지팡이로 미리 물깊이를 재보아야 할 것이니라."

스님되는 공부는 결코 쉬운 일이 아니었다.

목탁치고 경읽고 의식올리고 염불하는 것도 어려운 것이었지만, 앉고 서고 눕고 말하고 먹는 일상생활에 이르기까지도 일일히 지켜야 할 규칙이 있고 법도가 있는 것이었으니 예나 지금이나 출가수행자가 된다는 것은 참으로 험난하고도 험난한 길이었다.

사미승이 지켜야 할 가지가지 예절과 규칙을 세세히 일러놓은 사미율의에는 목욕하는 법, 화장실 가는 법은 물론이요, 밥먹는 법, 불쬐이는 법, 방에서 기거하는 법까지 낱낱이 엄하게 정해놓고 있었다.

"부르셨습니까, 스님?"

"음, 그래. 오늘밤 내 또 점검을 해봐야겠으니 묻는 대로 대답해 보시게."

"예, 스님."

"방에서 여러 대중과 함께 기거할 적에는 대체 어찌하라 이르셨던고?"

"예, 스님. 먼저 서로 인사하고 손위인지 아래인지 그것부터 알

아야 한다고 이르셨습니다."

"허면 밖에서 방 안으로 등불을 가지고 들어갈 적에는 어찌하라 하셨든가?"

"예. 밖에서 등불을 방 안으로 가지고 들어갈 적에는 미리 방안에 있는 대중들에게 '불 들어갑니다' 하고 알리고 들어가라 하셨습니다."

"그리고 등불을 끌 적에는 어찌하라 하셨는고?"

"예. 등불을 끌 적에는 미리 방 안 대중들에게 '등이 더 필요하십니까' 하고 물어본 뒤에 불을 꺼도 좋다고 하면 끄라고 하셨습니다."

"음……그래. 허면 불을 끌 적에는 어찌 끄라 하였는고?"

"예. 입으로 불면 안 된다 하셨습니다."

윤지호는 제산스님이 어느 대목을 지적하든 막힘이 없었다. 제산스님의 얼굴에 만족스런 미소가 피어올랐다.

"음. 세세한 대목까지 공부를 아주 착실하게 잘 했구면 그래."

"아, 아니옵니다, 스님. 과찬의 말씀이시옵니다."

"허나 공부는 이제 시작이니 결코 방심하거나 방일해서는 아니 될 것이야."

"예, 스님. 명심하겠습니다."

가야산 해인사에서 출가득도한 상언은 제산스님 문하에서 일 년 동안 열심히 공부하여 사미과를 마치게 되었다. 워낙 부지런하고 착실한 성품인지라 해인사에 있는 여러 스님들에게 두루 사랑을 받고 있던 상언이었다.

그런데 그해 겨울 은사이신 제산스님은 갑자기 해인사를 떠나 직지사 조실로 가시게 되었다.

"부르셨습니까요, 스님?"

"그래. 이제 직지사로 가야겠으니, 상언이 자네는……."

스님의 말이 끝나기도 전에 상언은 당연하다는 듯이 대답을 해 올렸다.

"저도 스님 모시고 직지사로 가겠습니다."

그러나 제산스님은 손을 내저으며 단호하게 잘라 말하는 것이었다.

"아아. 그건 안될 소리! 언제까지나 내 그림자를 따라다닐 생각은 하지 마시게."

"하오면 전……."

"그만한 공부가 있었으면 이젠 혼자 공부를 해야 할 것이야."

"공부는 이제부터 시작인줄 압니다만, 스님."

"제 발로 선방에도 찾아가고, 제 눈으로 선지식도 친견하고, 제 귀로 물소리 바람소리도 들을 줄을 알아야 공부가 제대로 되는 것

이야."

"하오나 스님. 전 스님 문하에서 더 지내고 싶었사옵니다, 스님."

정말 그랬다. 제산스님을 은사스님으로 모시게 된 이후부터 비로소 본격적인 공부를 했다고 보아도 과언이 아니었다. 그런데, 이제 겨우 공부의 방향을 잡을까 말까 한 시기에 또다시 혼자여야 한다니…… 막막하였다. 상언은 안타까운 눈길로 은사스님을 바라보았다.

상언의 간절한 눈길을 마주 응시하던 제산스님은 조용히 입을 열었다.

"자네, 불가에서 고승들의 설법을 왜 법문(法門)이라 하는지 그 까닭을 아는가?"

"……."

"왜 글월 문(文) 자 법문(法文)이라 하지 않고 문 문(門) 자 법문(法門)이라고 하는 것일까? 그 이유는 간단한 것이야. 진리의 세계, 그 오묘한 법의 세계는 귀로 들어서 알 수 있고 도달할 수 있는 것이 아니기 때문인 게지. 부처님의 설법을 듣는다는 것은 곧 법의 문(門)을 보는 것에 불과하네. 자네 스스로 그 문을 열고 걸어 들어가야 하는 게야. 그 문, 출가수행자가 반드시 통과하여야 하는 관문이요, 실천의 문인 그 문을 이제부터는 자네 스스로 열어야 하네. 아시겠는가?"
 "예, 스님."
 "강원에 들어가서 경공부를 더 하든지 참선방에 들어가서 참선을 하든지 이제 자네 마음대로 하시게. 내 말 알아들으셨는가?"
 "예, 스님. 분부대로 하겠습니다."
 은사이신 제산스님이 직지사 조실로 떠나신 뒤, 상언은 곧바로 걸망을 챙겨 들었다.
 "아니 이 눈보라 속에 대체 어디로 가겠다는 말이신가?"
 해인사의 여러 스님들은 이 겨울이라도 보낸 후에 떠나더라도 떠나라고 극구 말리는 것이었으나 상언은 단호하게 고개를 저었다. 어차피 떠날 일이라면 겨울이면 어떻고 봄이면 어떻겠는가.
 "바람따라 구름따라 어디로든 한번 떠나보겠습니다. 안녕히 계십시요."
 상언은 눈덮인 해인사를 떠나 산을 내려오다가 왕방울만한 눈을 부릅뜨고 투박한 코로 부정한 냄새를 맡으려는 듯이 쏟아지는 눈을 맞으며 산문을 지키고 섰는 장승에게 미소를 건네었다.
 '나는 간다, 장승아! 제산스님께서 보여주신 그 문을 이제는 내 손으로 직접 열어 볼란다.'

9
주인공을 찾아라

눈보라 몰아치는 가야산을 내려온 상언은 정처없는 운수행각에 나섰다. 출가란 인간의 가장 위대한 버림이라고 했던가. 사람이 한곳에 오래 머물게 만드는 것은 집착 때문이다. 사람에의 집착, 땅에의 집착, 집착에의 집착……그러나 인간이 지니고 있는 모든 욕망과 집착으로부터 벗어나면 걸릴 것이 없는 것이다.

고암스님의 젊은 날의 행장을 살펴보면 절대로 한곳에 오래 머무르는 일이 없었다. 한 점 구름과도 같이 한 줄기 바람과도 같이 자유롭게 일생을 떠돌았던 그 운수의 바람끼는 어쩌면 타고난 것인지도 몰랐다.

눈보라 속에 걸식을 해가면서 북으로 북으로 발길을 옮기다 보니 상언의 발길은 어느덧 개성에 닿아 있었다. 상언은 개성 화장사에서 걸망을 풀고 겨울 한철을 보내게 되었다. 그러나 이 화장사에서 보낸 한철은 곧바로 이어지는 커다란 역사적 사건과 이어져 상언의 일생에 한 획을 긋는 전기를 마련했다.

이듬해 양력 3월 1일이었다.

나라 안의 뜻있는 인사 33인의 독립선언을 필두로 3·1 독립만세의 함성이 전국을 벌집처럼 헤집어 놓았다. 이 3·1 운동을 이끌었던 33인의 선구자 가운데는 불교계의 대표로 만해 한용운과 백용성 스님이 참가하고 있었다.

이로부터 며칠 후, 개성에도 들불처럼 번지고 있던 3·1 독립만세운동의 감격에 젖어 잔뜩 흥분해 있는 젊은 상언에게 한 스님이 득달같이 달려와 소리쳤다.

"이것 보시요, 상언 수좌!"

"무슨 일이시온지요, 스님."

"이거 큰일났소이다. 백용성 큰스님께서 왜경들에게 잡혀갔다고 합니다."

상언은 이 난데없는 소식에 놀라 눈이 휘둥그래졌다.

"예? 아니, 용성 큰스님께서 잡혀가시다니요?"

"아, 글쎄 지난 삼월 초하룻날 만해 한용운 스님과 백용성 스님 그리고 조선민족대표 33인들이 조선독립선언문을 발표하셨지 않소? 그런데 그 길로 왜경들에게 모조리 다 체포되었다는 소식입

니다."

"아니! 그럼 대체 우리 조선독립운동은 어찌 된단 말이오? 아니 그 분들이 모조리 다 잡혀가셨단 말입니까?"

"비록 그 분들은 잡혀가셨을 망정 밖에 있는 우리들이라도 그 분들의 숭고한 뜻을 이어받아 계속 운동을 해야지요."

"맞습니다. 가만! 우리 이러고 있을 때가 아니질 않습니까? 각 사찰에 사발통문을 돌리고 독립자금이라도 모으고 장터마다 사람을 보내어 만세운동을 계속 벌여 나갑시다!"

"옳은 생각이요! 자 그럼, 우리 어서 나가십시다!"

그토록 존경하고 우러르던 백용성 큰스님. 그 큰스님이 독립선언을 하시고 왜경에게 체포됐다는 소식은 젊은 상언스님에게 커다란 충격이었다.

상언은 젊은 승려들과 뜻을 함께 하여 장터마다 돌아다니며 조선독립만세를 부르게 하고, 독립운동자금을 모으는가 하면 긴밀하게 연락을 취하고 다녔다.

그러나 젊은 승려들의 이런 움직임은 오래 가지 못하고 왜경들의 정보망에 탄로나게 되었다. 이제 쫓기는 신세가 되고 만 젊은 상언은 하는 수 없이 누더기 옷을 걸치고 짚신을 신고 걸망 하나를 짊어진 채 왜경들의 눈을 피해 강원도 산속으로 들어갔다.

피신길에 나선 상언이 맨 처음 당도했던 곳은 철원 보계산의 심원사였는데, 그러나 심원사도 역시 안전한 곳은 되지 못했다.
 "객승, 문안드리옵니다."
 "어서 오십시요. 하온데 어디서 오시는 객승이시온지요?"
 "예. 본래는 경상도 합천 가야산 해인사에 있었습니다마는 근래는 이 절 저 절 떠돌아 다니는 운수객이옵니다."
 "아! 저 그러면 혹시 개성 화장사에서 오시는 길은 아니시온지요?"
 "아니, 스님! 그건 어찌 아시고 물으시는지요?"
 "저 개성 화장사에서 오시는 길이시라면 속히 이 절을 떠나시는 게 좋을 것이옵니다."
 "아니 그럼 무슨 일이라도 있으셨단 말입니까?"
 "아유! 바로 어제부터 왜경들이 다녀가기 시작했는데 개성 화장사에서 있던 승려들이 독립운동을 하고 다니다가 달아났으니 오는 대로 신고를 하라는 것이었습니다."
 "귀뜸을 해주셔서 고맙습니다. 여기서 금강산 쪽으로 가려면 어느 길로 가는 게 좋겠습니까?"
 "저……금강산보다는 차라리 안변 석왕사로 가시는 게 안전하실 것입니다. 저 금강산 쪽에는 왜경들이 이미 나가 있을 테니까요."
 "알겠습니다. 저, 그럼!"

　맘씨 좋은 심원사 주지스님은 친절하게도 피신할 곳까지 일러주는 것이었다. 상언이 거듭 고마움을 표하면서 절을 떠나려는데 잠깐 무엇인가를 생각하던 주지스님이 상언을 붙들었다.
　"저 이것보시요, 스님! 오늘은 이미 해가 기울었으니 내일 새벽에 떠나도록 하십시요."
　"저, 밤 사이에 왜경들이라도 들이닥치면 주지스님께서도 곤욕을 당하게 되실텐데요……."
　"왜경들이 모르는 토굴이 있으니까 그 걱정은 마시고, 자자, 어서 날 따라 오십시오!"
　철원 심원사 주지스님은 상언을 보계산 중턱의 어느 토굴로 안내한 후 음식까지 만들어 날라다 주는 것이었다. 그 덕분에 하룻밤을 편안히 잘 쉬게 된 상언은 다음날 새벽 보계산을 내려와 안변 석왕사에 당도하였다.
　그러나 곳곳에서 독립만세를 부른 조선인들을 모조리 체포하여 처형하는 데 혈안이 된 왜경들은 전국의 사찰에까지 수색의 손길을 뻗치고 있으니 석왕사에서도 오래 머물러 있을 수가 없었다.
　상언은 안변 석왕사를 떠나 원산의 명사십리를 거쳐 단신으로 걷고 걸어서 바닷가 모래밭을 지나 금강산 신계사를 찾아들어갔다.
　그런데 상언은 이렇게 위험한 지경에 처해 있었음에도 불구하고 신계사의 객승으로 머물고 있는 동안에도 잠시도 쉬지 않고 궂은일을 모조리 도맡아하였다. 밤으로는 짚신을 삼아 벽에 매달아 놓고 필요한 사람은 누구나 가져가게 하였다.

　이때 신계사 보운암에 머물고 계시던 석두화상이 혀를 내두르며 감탄하여 하신 말씀이 있었다.

　"상언이라는 저 수좌야말로 참으로 보현보살의 화신이신 자비보살이시다. 누가 있어 감히 저 실천행을 따를 자가 있을 것인가!"

　그러나 왜경의 지명수배를 받고 있던 몸이라 신계사에만 오래 머물러 있을 수는 없었다. 상언은 다시 건봉사로 내려왔다가 건봉사 보리암에서 한달 열흘을 숨어 지내며 경을 보았고, 그후에 다시 또 북상하여 금강산 유점사를 거쳐 내금강 마하연에서 참선수행을 하면서 한철을 지내게 되었다.

　당시 마하연에는 허몽초 화상과 김관호 화상께서 머물고 계셨는데 이 두 큰스님으로부터 설법과 강을 듣고 있던 젊은 승려들이 모두 합쳐 오십여 명 정도였다.

　이때에도 상언은 다른 스님들이 잠자는 시간에 짚신을 삼아 헌 짚신이 있던 자리에 새 짚신을 갖다놓곤 했는데, 하룻밤에는 몰래 숨어서 지켜보고 있던 김관호 화상에게 이 일을 들키고 말았다.

　"여보시게 상언 수좌."

　"예, 스님."

"내 어젯밤에는 잠을 자지 아니하고 지켜보고 있었거니와 자네는 어찌하여 잠을 자야 할 시각에 잠을 자지 아니하고 짚신만 삼았단 말이던가?"

"심려를 끼쳐드리게 돼 죄송하옵니다, 스님."

"짚신을 삼아서 보시하는 것은 고마운 일이요, 기특한 일이긴 하네마는 그렇게 밤잠을 제대로 아니 자다가 병이라도 들면 어찌하려고 그러는가?"

"잘못됐습니다, 스님. 앞으로 다신 그런 일이 없을 것이오니 한번만 용서하여 주십시요, 스님."

"하긴 자네의 정성스런 실천행을 보니 옛날 스님 얘기가 생각나는구만. 밤마다 가난한 집을 찾아다니며 양식을 남모르게 나누어주고 다니셨다는 스님 말일세."

"부끄럽습니다, 스님. 제 하찮은 짚신을 감히 어찌 그런 큰스님의 자비행과 견줄 수가 있겠습니까?"

"아무튼 그동안 있었던 일은 내 모르는 걸로 할테니 더 이상 지나친 무리는 삼가도록 하게."

"예, 스님. 분부 받들어 지키도록 하겠습니다."

"잘못했다는 게 아니라 공부해야 할 수좌가 몸에 병이라도 들까 그게 걱정이 되서 하는 소리야."

"예, 스님. 명심하겠습니다."

밤이면 짚신을 삼아 나누어주던 자비행이 대중들에게 알려지자 상언은 걸망을 챙겨 지고 마하연을 떠났다. 상언은 이번에는 금강산 표훈사로 들어가서 사집(四集)을 배워마치고 설악산으로 내려와 신흥사 내원암에서 사집을 다시 배우고 참선수행을 했다.

그리고는 발길을 남으로 돌려 울진 불영사를 거쳐, 의성 고운사 금낭선원에 들어가 또 한철을 지내면서 경학 공부를 하고 참선수행에 정진하기도 했다.

그 후에는 대구 팔공산 파계사와 동화사 금당선원, 불국사 석굴암과 통도사 극락암을 거치며 몇 년을 보낸 뒤에 스물 세 살 되던 해 가을에는 망월사로 용성스님을 찾아뵙게 되었다.

몇 년만이던가. 용성스님은 변함없이 그윽한 눈빛으로 제자를 맞이하고 있었다. 3·1운동의 민족대표로 서대문 감옥에서 1년 6개월의 옥고를 치른 용성스님의 눈빛을 대하자 문득 가슴이 뭉클해져 왔다. 상언은 두 눈에 그득히 차오르는 눈물을 감추기 위해 서둘러 큰절을 올렸다.

"상언 수좌, 큰스님께 문안 올리옵니다."

"그래, 그래. 절은 한 번이면 족한 것이네. 자자, 그만 이리 좀 앉으시게."

"그동안 옥고까지 치르셨는데 찾아뵙지 못해 죄송하기 그지없습니다, 스님."

"무슨 말씀이신가. 자네도 독립만세 부르고 다녔다가 피신 다니느라고 고생이 많았다면서?"

"그야 큰스님이 겪으신 것에 비하면 호강이겠습죠, 스님."

"아닐세. 우리가 모두 이렇게 저들에게 수모를 당하는 것은 이게 모두 나라를 빼앗긴 탓이요, 나라를 빼앗긴 것은 그동안 우리가 정신들을 빼놓고 살아온 탓이라. 알고 보면 이게 모두 자업자득이요, 자작자수야."

"예, 스님."

"이제부터라도 나를 찾는 공부를 부지런히 해서 사람마다 나를 찾고 깨달음을 얻으면 그땐 빼앗긴 나라도 되찾게 될 것이야."

"그래야지요, 스님. 그런데 스님께서는 요즘 경전을 번역하시는 일에 몰두하신다고 들었습니다요."

"음, 그래. 부처님 말씀을 배우고 익히는 일이야 불자들로서는 당연한 의무지만, 일반 대중들이 그 어려운 한문을 보는 게 쉬운 일은 아니거든. 내 그래서 불경번역사업에 나섰네. 그래야만 부처님 말씀이 모든 사람의 생활 구석구석에 미치지 않겠는가."

상언은 고개를 크게 끄덕였다. 정말 용성스님다운 방대한 계획이었다. 사실 경전의 우리말 번역은 생각처럼 쉬운 것이 아니었다. 누구보다도 해박한 지식이 있어야 하며 또 얼마나 많은 자금과 시간이 필요한 일인가. 용성스님이 아니면 꿈도 꾸지 못할 일이었다.

"이번에 내가 번역한 금강경 서문에 이런 글귀가 있네. 보지 않고 쌓아만 두는 경전은 아무리 산더미같이 많다 할지라도 한낱 종잇조각이며, 오물에 불과하다라고 하셨느니라. 참 얼마나 귀한 말씀인가? 상언이 자네도 부지런히 공부하고 열심히 참구허시게."
"예, 스님."
용성스님은 부드럽게 미소지으며 머리를 끄덕이다가 문득 생각난 듯이 상언에게 물었다.
"헌데 자넨 어쩐 바람이 불어서 이 도봉산 망월사로 오셨는가? 듣자 하니 금강산에 있었다고 그러던데……."
"예. 금강산에서 설악산으로, 설악산에서 경상도로, 혼자 떠돌아 다니며 객승 노릇을 하고 있자니, 스님께서 망월사에서 선회를 여셨다고 그러기에……."
"허허허…… 아니 그러면 그 소문이 저 아랫녘에까지 들리더란 말이신가?"
"그야, 절 집안 사발통문 빠른 거야 소문난 거 아니겠습니까요?"
"그래. 그러면 자네 이 망월사 선회에서 수행을 하시겠는가?"
"그래야지요, 스님. 옛날 스님께서 저에게 내어주신 숙제, 아직 풀질 못했으니까요, 스님."
용성스님은 숙제라는 말에 고개를 갸우뚱하며 의아한 듯한 표정

으로 상언에게 물었다.
 "아니 내가 내어준 숙제라니?"
 "걸어가고 멈추고 말하고 밥먹으라고 시킨 주인공, 그 주인공을 찾으라고 그러시지 않았습니까요, 스님?"
 "허허허. 옳지! 그래. 그걸 찾아야지 이 사람아! 그걸 찾아야 하는 게야."
 "예, 스님. 열심히 참구해서 반드시 찾겠습니다."
 상언은 법사이신 백용성 스님 문하에서 참선수행을 계속한 뒤 서울 봉익동, 그러니까 지금의 종로 3가에 위치한 대각사로 자리를 옮겨 용성 큰스님의 지도를 받아가며 사교(四教)를 배웠다.
 대각사는 불교를 대중화시키기 위하여 1911년 용성 큰스님이 건립한 절이었다. 중생을 깨우치고 자각시키는 길만이 일세의 치히에서 신음하는 민족을 살리는 방도라 굳게 믿은 용성스님은 대각사를 근거지로 활발한 활동을 펼치고 있었던 것이다.
 그러던 어느 날, 상언은 법사이신 용성 큰스님께 여쭈었다.
 "스님. 땅은 과연 무엇으로 인하여 있는 것인지요?"
 "티끌이 모여 덩어리를 이루면 땅이 되는 것이지."
 "하오면 그 티끌은요, 스님?"
 "덩어리가 쪼개져서 티끌이 되구, 그 티끌이 허공에 흩어지면 없음을 이루니 참된 땅의 성품은 있고 없고 하는 것이 아니라 시방세계 허공에 가득하여 인연이 합해지면 티끌이 되고 그 티끌에 또 인연이 합해지면 덩어리가 되고, 그 덩어리가 또 인연을 만나 합해지면 국토가 되는 것이야."

"그랬다가 또 인연이 흩어지면 사라지구요, 스님?"

"음, 그렇지."

"하오면 스님! 원래 그 티끌은 어디서 생기는 것이옵니까?"

"이것 보시게."

"예, 스님."

"자네는 저기 저 담 밖으로 지나가는 저 소리를 들으시는가?"

"예. 두부장수 종소리 말씀이신지요, 스님."

"그래. 지혜 있는 사람은 종소리만 듣고도 지금 담 밖에 두부장사가 지나간다는 걸 훤히 알지."

상언은 당연하다는 듯이 머리를 끄덕이며 대답했다.

"그야 그렇습니다, 스님."

"담 밖에서 소 우는 소리가 들리면 나가보지 아니해도 담 밖에 소가 있다는 것을 안다는 말일세."

"예, 스님."

"그렇다면 저 산너머에서 연기가 피어오르는 걸 보면 자네는 그 산 밑에 지금 무엇이 있는지 아시겠는가?"

"예, 그야 불 피우는 곳이 있으니 연기가 피어오를 것이옵니다,

스님."
"그래……이제 자네도 귀가 열리고 눈이 열리기 시작했구먼 그래."
"아, 아니옵니다, 스님. 과찬의 말씀이시옵니다, 스님."
겸손하게 대답해 올리는 제자의 눈빛을 가만히 응시하던 용성 큰스님은 조용히 입을 열었다.
"대각께서 말씀하시되 광대한 허공이 네 마음에서 생겨났다 하셨어."
"대각은 어떤 분이시온데요, 스님?"
"크게 깨우친 분이시니 바로 부처님이시지."
"아, 예……."
"그러니 마음 하나 깨치면 다 알게 되는 것이야. 부지런히 참선하고 일구월심 공부하도록 하시게."
"예, 스님. 분부 받들어 열심히 참구하도록 하겠습니다."

상언이 법사이신 용성 큰스님 문하에서 수행정진하고 있던 1922년 음력 사월 초파일. 상언은 용성 큰스님을 계사로 구족계를 수지했다.
그리고 바로 그 며칠 후였다.
점심 공양을 막 마쳤을 무렵 용성 스님께서 부르신다는 전갈이

왔다. 급히 달려가보니 용성 스님은 처음 뵙는 어떤 스님과 침통한 표정으로 앉아 계셨다.
 "부르셨사옵니까, 스님?"
 용성스님은 고개를 끄덕이며 무겁게 입을 열었다.
 "그래. 자네가 급히 손을 써야 할 일이 생겼네."
 "무슨 일이시온지요, 스님?"
 옆에 있던 스님이 먼저 말을 꺼냈다.
 "그건 내가 설명을 할테니 자넨 내 말대로만 시행하면 될 것이네."
 "예, 스님."
 "자네는 아직 잘 모르겠지만 지금 우리 조선 승려들 가운데 얼빠진 작자들이 작당을 해가지고 조선총독부에서 시키는 대로 각황사에서 전국승려대회를 열고 있다네."
 "예. 그건 저도 들었사옵니다만……."
 그때껏 아무 말 없이 앉아서 듣고 계시던 용성스님이 한마디 덧붙였다.
 "그 얼빠진 조선 중들이 총독부가 시키는 대로 승려대회를 열어 조선불교를 일본불교와 합치려고 그런단 말일세."
 상언은 용성스님의 말에 소스라치게 놀라 부르짖었다.
 "아니! 일본불교와 합치려 한다구요, 스님?"

"쉬잇!"

상언의 목소리가 너무 컸던지 옆에 있던 스님은 손가락 하나를 입에 갖다대며 나직히 말을 이었다.

"그래. 그래서 아무래도 이대로 내버려둬선 안될 것 같으니 우리 조선 수좌들도 힘을 모아서 끝까지 우리 조선불교를 조선불교답게 지켜야 하겠다 이런 말이지."

"아, 그야 마땅히 지켜야지요, 스님."

용성스님은 마지막으로 상언이 할 일을 정리하여 지시했다.

"그래서 우리 조선불교 수좌들은 선우공제회를 조직해서 조선불교를 지켜야 할 것이니 자네가 급히 손을 써서 전국 선방에 사발통문을 보내 수좌 대표들을 모이도록 하시게."

"예, 스님. 분부대로 곧바로 사발통문을 보내도록 하겠습니다."

이렇게 해서 급히 조직된 조선불교 수좌단체가 조선불교 선우공제회다.

바로 이 선우공제회가 몇년 후에는 선리참구원으로 명칭을 바꾸고 조선불교를 조선불교답게 끝까지 지켜나가게 하는 구심체 역할을 하게 됐으니, 이 단체가 오늘날 선학원의 모체였던 것이다.

백용성 스님이 주축이 되어 조선불교를 일본불교에 예속시키지 않으려고 조직한 이 선우공제회는 곧바로 지방조직망을 구축하기 위해 사람을 보냈는데, 이때 상언도 선우공제회의 지방조직을 위해

오대산에 파견되었다.
 "오대산 상원사에 가면 하동산이 있을 터인즉 내가 써준 이 서찰을 전하면 쾌히 도와줄 것일세."
 "예, 스님. 지금 곧 오대산으로 떠나겠습니다."
 "저쪽에서 눈치채지 못하도록 은밀히 일을 추진해야 하네."
 "예, 스님. 조심하겠습니다."

10
식은 밥도 먹어보고 더운 밥도 먹어보고

　상언은 용성스님의 분부를 받들어 오대산 상원사로 들어갔다. 용성스님의 서찰을 전해 받은 하동산 스님은 조선불교를 조선불교답게 지키고자 하는 선우공제회 설립의 취지에 적극 동조하였다.
　동산 스님의 긴밀한 지원 덕택으로 선우공제회 상원사 지부 설립은 쉽사리 이루어질 수 있었다. 상언은 상원사에 한동안 머물러 있으면서 하동산 스님과 더불어 좌선과 기도에 열중하는 한편 경전 공부를 열심히 계속하였다.
　그해 가을 오대산 상원사를 떠난 상언은 갈래사리탑을 참배한 뒤 팔공산 대승사의 7일법회에 참석하고 다시 길을 떠나 금용사, 용문사, 명봉사를 거쳐 이듬해 봄에는 은사이신 제산스님을 뵙기 위해 김천 직지사로 향했다.

우수 경칩에 장독 터진다는 속담도 무색하게 철 이른 봄비가 내리는 날이었다. 영춘화, 개나리, 진달래 등 성급한 봄꽃나무들은 꽃망울이 제법 탐스럽게 부풀어 오르고 녹두빛을 띠어가는 휘늘어진 버들가지들이 비바람에 너울대고 있었다. 황악산을 오르기 시작할 때쯤 해서 빗줄기는 진눈깨비로 바뀌었다.

직지사에 들어선 상언은 흠뻑 젖은 옷부터 갈아입고서 제산스님을 찾아뵈었다.

"스님의 상좌 상언이 문안드리옵니다, 스님."

제산스님은 반가운 목소리로 제자를 맞았다.

"어허, 이거 참으로 오랜만에 그대를 보겠구만. 들어오시게!"

"예, 스님."

"음, 그만 그만! 절은 그만하시게. 이 빗속에 어인 일이신가?"

"그동안 별고 없으셨는지요, 스님."

"이 늙은 중이야 여여히 잘 지냈네만 자네 그래 그동안 어디서 어떻게 지냈던고?"

"예. 스님께서 분부하신 대로 여러 선지식들을 찾아뵙고 다녔습니다."

"오, 그래? 허면 개울물도 건너고 깊은 강도 건너고 들판도 지나고 험한 산들도 넘어보고 가지가지 구경을 많이 했겠네그려, 응?"

"예. 그런 셈이옵니다, 스님."

"하면, 그동안 자네가 구경하고 다닌 산천경개가 어떠했는지 나한테 한번 자랑을 해보시게."

"죄송하옵니다, 스님."

산천경개 구경한 자랑을 해보라는 스승의 말에 머리를 조아리며 죄송하다고만 답하니 제산스님은 영문을 몰라 반문했다.

"죄송하다니, 무엇이?"

"스님께 자랑해 올릴 것이 아직 아무것도 없습니다, 스님."

"허면 자네가 걸망 속에 짊어지고 온 것은 과연 무엇이던고?"

"팔도강산 골골마다 돌아다니면서 수없이 많은 신세덩어리만 짊어지고 돌아왔습니다."

"신세덩어리만 짊어지고 돌아왔다니 그건 대체 무슨 말이던가?"

"하룻밤을 자는데도 여러 사람의 신세를 져야 했고 한 끼익 끼니를 때우기 위해서도 참으로 여러 집의 신세를 져야 했으니, 그동안 과연 얼마나 많은 분들의 신세를 졌는지 감히 헤아릴 수조차 없습니다, 스님."

제자 상언의 말을 듣고 있던 제산스님의 눈가에 웃음이 번지기 시작했다. 오랜만에 보는 상언의 눈은 예전보다 한층 깊고 성숙해져 있었다.

"그러니까 자네가 짊어지고 온 저 걸망 속에 팔도강산 신세덩어리가 가득 들어 있더라 그런 말이던가?"

"그렇사옵니다, 스님."

"허허허. 그러고 보니 자네는 머지않아 밥값을 제대로 하겠네 그려. 허허허……."

제자의 대답에 유쾌하게 웃던 제산스님은 갑자기 정색을 하면서 상언을 응시했다.

"헌데, 자네?"

"예, 스님."

"이 늙은 중은 어찌하여 다시 찾아왔는고?"

"스님 문하에서 공부를 하고자 이렇게 찾아뵈었습니다, 스님."

"이 사람아. 내 옛날에 들려주었던 부처님 말씀, 벌써 잊으셨는가?"

"무슨 말씀이시온지요, 스님?"

제산스님은 심호흡을 한번 하더니 착 가라앉은 목소리로 이야기를 시작하였다.

"부처님께서 이렇게 이르셨네. 나는 너희들에게 길을 가르쳐 주지만 그 길을 가고 아니 가고는 너희에게 달린 일이요, 나는 의사와 같아서 너희들에게 약을 가르쳐 주었지만 그 약을 먹고 아니 먹고는 너희에게 달렸느니라, 하고 말일세. 내 다시 한번 이를 것이니 잘 새겨 듣도록 하시게."

"예, 스님."

"부처님께서 우리 중생들에게 길을 가리켜주셨지만 정작 그 길을 가야할 사람은 우리 중생들이야. 의사가 환자에게 이러 이러한 약을 먹어라, 하고 약을 가르쳐주지만 그 약을 의사가 대신 먹어줄 수는 없는 노릇이요, 또 설령 의사가 대신 약을 먹어준다고 해서 그 환자의 병이 나을 것인가?"

"아니옵니다, 스님."

"이 세상 모든 부모와 스승이 자식과 제자에게 좋은 길을 안내해주고 좋은 말들을 들려주지만 정작 그 길을 걸어가야 할 자식과 제자들이 그 좋은 길을 걸어가지 아니하고 엉뚱한 길로 걸어간다면 그 책임은 과연 누구에게 있을 것인고?"

"예. 그야 좋은 길을 가지 아니한 자식과 제자의 잘못이겠습니다, 스님."

"배고픈 사람은 바로 자네요, 길을 걸어가야 할 사람도 자네인데 자네 대신 내가 밥을 먹어주면 자네 배가 불러지겠는가?"

"잘 알겠습니다, 스님. 좋은 법문 내려주셔서 고맙습니다, 스님."

"배가 고프거든 밥을 부지런히 먹고, 길을 알았으면 부지런히 그 길을 걸어가시게. 내 말 알아들으셨는가?"

"예, 스님. 명심하겠습니다."

"저 세상을 내려다보시게. 어찌하여 나만 가난하고 어찌하여 내가 하는 일만 망하느냐 하며 한탄을 하면서도 술마시고 도박하고 화내고 싸우고 망할 짓만 계속하는 중생들이 많으니, 이는 배고프면 밥을 먹으라 가르쳐주었건만 밥은 먹지 아니하고 오히려 해로운 술만 마시면서 배고프다 배고프다 한탄하는 것과 다를 바가 없는 거야. 농사를 짓는 것이나 장사를 하는 것이나 관직을 사는 것이나 공부를 하는 것이나 수행을 하는 것이나 배고프면 밥 먹어야 하는 이치, 모두가 그대로인 게야. 내 말 알아들으시겠는가?"

"예, 스님. 감로법문 내려주셔서 고맙습니다, 스님."

상언은 김천 직지사에서 제산스님을 모시고 한철을 공부한 뒤 해인사로 자리를 옮겨 다시 사교를 공부하였다. 사교라 함은 능엄경, 기신론, 금강반야경, 원각경 이 네 가지 경전을 이르는 것이었다.

사교를 배워 마친 이듬해 가을, 상언은 충청도 예산군 덕숭산 정혜사로 당대의 선지식 만공스님을 찾아갔다. 만공스님의 기품있는 풍모와 찌르는 듯한 눈빛은 보는 이로 하여금 절로 고개를 숙이게 만들었다.

상언의 절을 받고 난 만공스님은 위엄이 서린 목소리로 이렇게 물었다.

"아, 그래. 자네가 해인사에서 온 수좌란 말이던가."

"예. 그러하옵니다, 스님."

"허면 자네 스님은 어느 분이시던고?"
"예. 은사스님은 제 자 산 자 스님이시옵고, 법사스님은 용 자 성 자 스님이시옵니다."
그런데 상언의 답변을 듣고 난 만공스님은 대뜸 이맛살을 찌푸리며 말하는 것이었다.
"어허, 이 사람! 거 몹쓸 사람이로구만 그래."
"아니, 무슨 말씀이시온지요, 스님?"
"아, 이 사람아. 제산스님도 그렇고 용성스님도 그렇지, 조선 불교계에서 스님다운 스님을 찾자면 제산 용성 두 스님은 다섯 손가락 안에 꼽히는 스님이시거늘 그 두 분 스님을 은사, 법사로 모셨으면, 그 분들 문하에서 공부나 하고 있을 것이지 어찌하여 이 절 저 절 돌아다닌단 말이시던가!"
"말씀드리기 죄송하옵니다만 제 은사스님께서 당부하시기를 얕은 개천도 건너보고 깊은 강물도 건너보고 들판도 지나가보고 태산준령도 넘어보라 하셨사옵니다."
"식은 밥도 먹어보고 더운 밥도 먹어보라 그러셨단 말이든가?"
"식은 밥 더운 밥 뿐만이 아니옵니다. 쉰 밥 쉰 죽도 먹어보라 하셨사옵니다, 스님."
만만치 않은 상언의 응대에 만공스님은 그만 웃음을 터뜨렸다.
"허허허······ 이 사람이 나보다 한술 더 뜨네그려."

그러다가 돌연 웃음을 멈춘 만공스님은 안광을 빛내면서 상언을 뚫어지게 바라보았다.

"여보게 자네!"

"예, 스님."

"어찌하여 자네와 내가 지금 이렇게 마주 앉아 있는가?"

"전생에 맺은 좋은 인연으로 제가 오늘 스님을 찾아뵈온 줄로 아옵니다."

상언은 상대방을 꿰뚫는 듯한 날카로운 시선에도 조금도 흔들림이 없이 고요히 미소지으며 대답하였다. 만공스님은 빙그레 웃으며 입을 열었다.

"전생에 내가 자네한테 진 빚이 있었더니 자네가 오늘 그 빚을 받으러 왔네그려. 으음?"

"하오면 스님 문하에서 한겨울 지나면서 그 빚을 탕감해 드리도록 하겠습니다, 스님."

대답이 끝나자마자 커다란 웃음소리가 터져나왔다.

"허허허…… 한 철을 나던지 두 철을 나던지 이번에는 전생빚을 한푼 남김없이 다 받아가도록 하시게!"

상언은 만면에 웃음을 띠며 다시 공손히 절을 올렸다.

"문하에 머물도록 허락해주시니 참으로 고맙습니다, 스님."

이렇게 해서 상언은 천하의 선지식 만공대선사 문하에서 참선수

행을 하게 되었다. 그런데 이로부터 며칠 후 정혜사 공양주 노릇을 하던 한 스님이 만공스님을 찾아왔다.

"참으로 이상스런 일이 일어났습니다, 스님."

"아니 그래, 무슨 일이 일어났기에 이상스럽다고 그러느냐?"

"용상방에도 써 붙여져 있사옵니다만 제 소임이 분명 공양주이옵니다, 스님."

"그래. 니가 공양주이거늘 무엇이 어찌 됐더란 말이냐?"

"그제 새벽부터 어제 새벽, 오늘 새벽 이상스런 일이 연거푸 일어났기에 스님께 말씀드리는 것이옵니다."

"대체 무슨 일이 일어났는지 소상히 일러보아라. 공양간에 있는 양식을 도둑이라도 맞았단 말이냐?"

"아, 아니옵니다. 그런 것이 아니오라 공양주도 모르게 다른 사람이 공양을 미리 지어놓았습니다요, 스님!"

"아니 그건 또 무슨 소리란 말이더냐? 공양주인 니가 있거늘 다른 사람이 공양을 짓다니!"

"그래서 이상스러운 일이라 말씀드리는 것이옵니다. 공양을 지으러 새벽에 공양간에 들어가보니 아궁이에 이미 불을 땐 흔적이 있고 솥을 만져보니 이미 공양이 다 되어 있었사옵니다."

무슨 큰 일이라도 생겼나 싶어 짐짓 걱정스러웠던 만공스님은 어이가 없다는 듯 허허 웃으며 말했다.

"허! 나는 또 무슨 소린가 했네. 아, 이 녀석아! 그거야 공양주인 네가 늦잠을 잤으니 갱두가 대신 지어놓은 거로구면……."

그러나 공양주 스님은 황급히 손을 내저으며 말했다.

"아, 아니옵니다, 스님. 부처님 전에 맹세코 저는 절대로 늦잠을 자지 않았사옵니다요! 새벽 도량석 소리가 들리자 마자 벌떡 일어나서 곧바로 나갔습니다요, 스님."

"아, 그래도 갱두나 채공이 너보다 먼저 나가서 지을 수 있는 일 아니겠느냐?"

"아니옵니다요, 스님. 저도 사실 첫날에는 그렇게 생각을 하고 갱두와 채공에게 물어봤습니다요."

"음, 그랬더니? 갱두와 채공 아이들이 그런 일 없다고 딱 잡아떼더란 말이냐?"

"예. 갱두는 저보다 더 늦게 일어났구요. 채공은 그때까지 공양간에 들어온 일도 없었다는데요?"

"음. 그런데도 공양은 이미 솥에 지어져 있었더라, 이런 말이냐?"

"예, 스님. 그것도 그제 어제 오늘, 사흘이나 말씀입니다요."

잠시 미간을 좁히며 생각에 잠기던 만공스님은 느닷없이 웃음을 터뜨리며 탄성을 질렀다.

"허허허! 그렇다면 그거 아주 반가운 일이로구나."

만공스님의 의외의 반응에 놀란 공양주는 눈을 깜빡이며 물었다.

"반가운 일이라구요, 스님?"
"지혜제일은 어떤 보살이던고?"
"그야 문수보살님이시죠, 스님."
"허면, 덕행제일은 어떤 보살님이시던고?"
"그야 보현보살님이시죠, 스님."
"그래. 덕행을 실천하는 데 으뜸가는 보살이 바로 보현보살이야. 그 보현보살님이 우리 정혜사에 나투신 모양이니 아, 이 아니 반가운 일이겠느냐? 허허허······."
"아, 아니! 보현보살님이 우리 정혜사에 나투셨다구요, 스님?"

요즘도 큰 절 대중방에 들어가보면 잘 보이는 벽 한가운데 용 용 자, 코끼리 상 자 용상방이라 하는 큰 글자 밑에 스님들의 소임표가 세세하게 적혀 있는 것을 볼 수 있다. 조실에는 어느 스님, 주지는 어느 스님, 원주는 어느 스님, 재무는 어느 스님, 교무는 어느 스님, 강사는 어느 스님, 입승은 어느 스님······ 이렇게 대중들이 절살림을 살아가는 데 필요한 업무분담표가 붙어 있기 마련인 것이다.

이를테면 사찰기구 조직표라고도 할 수가 있는 이 용상방의 소임 가운데서 가장 힘들고 어려운 소임은 뭐니뭐니 해도 바로 공양주라고 할 수 있다.

공양주가 적게는 칠팔 명에서 많은 경우는 백여 명, 때로는 수백 명 대중의 식사를 책임지려면 그 고되기가 이루 말할 수가 없는 것이다. 그런데 바로 이 공양주가 채 일어나기도 전에 대중들이 먹을 아침 공양을 미리 지어놓은 일이 일어났으니 참으로 이상스런 일이었다.

그러나 당대 최고의 선지식 만공스님은 공양주도 모르게 아침 공양을 지어놓은 사람이 누구인가를 단번에 짐작하였다.

공양주 스님이 돌아간 뒤 만공스님은 아무도 모르게 상언을 불러 앉혔다.

"여보게 자네."

"예, 스님."

"자네는 어쩌자고 남의 소임을 가로챘더란 말이신가?"

"무슨 말씀이시온지요, 스님?"

"숨겨도 소용없는 일! 내 이미 다 알고 있거니와 자넨 어찌하여 남들이 가장 맡기 싫어하는 공양주 노릇을 숨어서 자청했더란 말인고?"

"죄송하옵니다, 스님."

"대체 그 까닭이 어디에 있었는지 어디 한번 말해보시게."

"잘못되었습니다, 스님. 용서하여 주십시오."

"지목행족(知目行足)이라 일렀으니 눈으로 보고 배운 것을 발로 실천하라, 그래서 그리하셨는가?"

"아니옵니다, 스님."

"그것이 아니라면 대체 무슨 까닭으로 공양주 노릇을 숨어서 자청했는가?"

"말씀드리기 죄송하옵니다만, 소승 공양을 들기 전에 오관게를 염송할 적마다 부끄러운 생각이 들었습니다."

"부끄러운 생각이 들었다니! 어찌해서 말인가?"

"이 곡식이 내 입에 들어오기까지 얼마나 많은 사람들이 수고를 끼쳤는가 살펴보면 그 은혜 참으로 막중하옵고······."

"그리고 또?"

"나는 과연 이 음식을 먹을 자격이 있는가 살펴보자면 공부도 수행도 부실한지라 부끄럽기 그지없었사옵니다."

"그래서 그 부끄러움을 면하자고 공양주 노릇을 자청했드란 말인가?"

"신세 한 가지라도 덜 입어야겠고 죄 한 가지라도 덜 짓자면 제가 공양이라도 지어드리는 것이 도리일 것 같아서 그랬습니다, 스님. 용서하여 주십시오."

"허허허. 아니, 이 사람 참! 그러면 자네 말일세."

"예, 스님."
"오늘부터 아예 공양주 소임을 자네가 맡도록 하게. 그래도 하시 겠는가?"
"예, 스님. 차라리 그리 하여 주시면 스님의 분부를 기꺼이 받아 공양주 소임을 맡도록 하겠습니다, 스님."

상언은 남이 싫어하는 일, 남이 귀찮아하는 일을 스스로 즐겁게 하는 것을 좋아했다. 그래서 힘든 일, 궂은 일 가리지 않고 누가 시키기 전에 미리미리 찾아서 하곤 했다. 그 많은 대중들의 공양을 지어올리는 공양주 노릇을 자청한 것도 사실 이 정혜사가 처음이 아니었다.

거센 칼바람이 살을 저며오는 엄동설한에 새벽 일찍 일어나 더운 물을 준비해 두었다가 스님들이 따뜻하게 세수할 수 있도록 한 사람도 바로 이 상언이었다.

그 뿐만이 아니었다.

이 무렵에는 고무신이 대중화돼서, 대부분의 스님들이 고무신을 즐겨 신고 다닐 때였다. 어느 날 아침 만공스님이 일어나 보니 댓돌 위에 놓인 고무신들이 한결같이 깨끗이 씻겨져 있는 게 아니겠는가. 그것도 방 안에서 나오는 사람이 신기 편리하게 고무신 코가 바깥 쪽으로 가지런히 놓여 있었다.

만공스님은 고무신들을 요리조리 살펴보다가 행자실을 향해 소리쳤다.

"이것 봐라. 시자 게 있느냐!"

"예, 스님. 부르셨사옵니까?"

"여기 있는 이 고무신, 니가 이렇게 깨끗이 씻어 놨느냐?"

"아, 아니옵니다만 스님의 고무신만이 아니오라 고무신이라는 고무신을 모조리 다 씻어 놓았다고들 칭찬들입니다, 스님."

"고무신이라는 고무신은 모조리 다 씻어놓았다고 그랬느냐?"

"예, 스님. 대중방 앞에 벗어놓은 고무신은 물론이옵고 객실 앞에 벗어놓은 객스님 고무신까지도 말끔하게 씻어놓았다 하옵니다."

"허면, 대체 누가 이렇게 고무신을 씻어놓았는지 넌 알겠느냐?"

"모르겠사옵니다요. 아무도 씻었다는 분이 없는데 고무신은 깨끗이 씻겨져 있으니 모두들 귀신이 곡할 노릇이라고 하옵니다요, 스님."

시자의 말을 듣고 난 만공스님은 지피는 데라도 있는지 빙그레 웃으시는 것이었다.

"보현보살이 눈앞에 나투셨는데도 눈먼 중생들이 알아보질 못하는구나, 음? 허허허!"

시자는 무슨 영문인지 몰라 눈을 둥그렇게 뜨고 사라져가는 스님의 뒷모습을 한동안 지켜보고 있을 뿐이었다.

11
다만 칼날 위의 길을 갈 뿐입니다

이듬해 봄이었다.
하루는 만공스님이 상언을 불러앉히고 조용히 입을 열었다.
"이것 보시게, 자네."
"예, 스님"
"내가 전생에 자네한테 진 빚은 어찌됐는고?"
"한철만 더 스님을 모셨으면 하옵니다."
그러나 만공스님은 천천히 고개를 흔들었다.
"그건 안될 소리야."
"안되다니요, 스님?"
"내 자네를 여기 머물게 한 것은 전생에 진 빚을 갚고자 함이었는데 보아하니 자넬 여기 오래 두었다가는 전생 빚을 갚기는커녕

금생에도 또 빚을 더 짊어지게 생겼어."
"아니옵니다, 스님."
"자네가 여기 있다는 소식을 들으시고 용성스님께서 기별하시기를 자네를 속히 서울 대각사로 올려보내라 하셨네."
"아니 서울 대각사로요?"
"그러니 오늘 중으로 걸망 챙겨지고 서울로 가도록 하시게."
"하오나 스님……."
"윗분이 분부를 하시면 좋건 싫건 그대로 따르는 게 아랫사람의 도리가 아니겠는가?"
"예, 스님. 분부대로 따르겠사옵니다."
 상언은 덕숭산 정혜사에서 만공스님께 하직인사를 올리고 그 길로 서울 대각사로 올라왔다.
 백용성 스님 문하에서 다시 사교를 보고 있던 상언은 막히는 데가 있으면 용성스님께 여쭙기도 하였다.
"스님! 한 말씀 여쭈어도 괜찮겠습니까?"
"말씀하시게."
"무릇 출가수행자는 삼학을 두루 소중히 여겨야 할 것이라 하였사온데 어찌 된 분부이시온지요?"
"삼학이라 하는 것은 계와 정과 혜, 세가지를 말함이니 쉽게 풀어 말하자면, 계율과 선정과 지혜를 이름일세."

"예, 스님."

"계란 잘못됨을 막고 악을 그친다는 뜻으로 삼악도에 떨어지는 것을 막아주는 수행자의 빗장이니 이 빗장이 벗겨져버리면 수행자가 하지 말아야 할 잘못을 저지르게 되고 그 잘못으로 인해 악한 길에 빠지게 되니 계를 엄히 지켜 스스로를 지키라 한 것일세."

"예, 스님."

"정은 이치에 맞추어 산란한 생각을 거두어들이는 것을 말하는 것인데 여섯 가지 욕심이 사라진 고요한 마음의 경지를 이룸이니 선정을 닦아 고요한 마음을 항상 지니라는 뜻이요, 세째로 혜란 말 그대로 어리석음에서 벗어난 지혜라는 말이니 옛날 육조 혜능 스님께서 말씀하시기를, '계, 정, 혜가 무엇이냐고 물었는가? 마음의 잘못이 없는 것이 자성의 계요, 마음에 어시러움이 없는 것이 자성의 정이요, 마음의 어리석음이 없는 것이 자성의 혜니 계, 정, 혜 삼학을 마음 밖에서 찾으려 하지 말라' 이렇게 이르시기도 하셨다네. 그러니 계, 정, 혜 삼학을 경책 속에서 찾아도 안될 것이요, 말씀 속에서 찾아도 아니 될 것이네."

"예, 스님. 하오면 형상에 매달리지 말고 석가니 여래니 호칭에도 매달리지 말라 하셨으니 어인 말씀이시온지요?"

용성스님은 대답대신 상언을 불렀다.

"여보시게."

"예, 스님."
"내가 '여보시게' 했더니 그대가 '예' 하고 대답을 했네."
"예, 스님."
"자네 오른손을 한번 들어보시게."
"예. 이렇게 말씀이십니까?"
"내가 묻겠네."
"예, 스님."
"자네가 들고 있는 그 오른손이 바로 자네인가?"
"그, 그야 아니옵니다, 스님."
"허면 '아니옵니다' 하고 말한 자네의 입이 바로 자네이던가?"
"그, 그것도 아니옵니다, 스님."
"그러면 윤지호라는 속가의 이름이 자네이던가?"
"그건 아니옵니다, 스님."
"허면 상언이라는 법명이 바로 자네이던가?"
"아, 아니옵니다, 스님."
"그러면 자네라는 호칭이 바로 자네이던가?"
"아니옵니다."
"음. 여기 이렇게 종이가 한 장 있네."
"예, 스님."
"이 종이에 불을 붙이면 어떻게 되겠는가?"

"종이는 곧 불에 탈 것이옵니다."
"그러면 종이가 불에 타면 그 모양이 어찌 될 것이든고?"
"예. 그야 재가 될 것이옵니다."
"하얗던 종이가 시커먼 재가 될 것이다, 그런 말이지?"
"그렇사옵니다, 스님."
"허면 그것을 무엇이라고 부를 것인고?"
"재라고 부를 것이옵니다."
"허면 그 재를 손으로 비벼서 후후 불어버리면 그땐 또 무어라고 부를 것인고?"
"그, 그땐 먼지가 되겠습니다, 스님."
"그래서 형상과 호칭에 매달리지 말라고 이르신 것이야! 이제 아시겠는가?"
용성스님의 가르침은 언제나 이렇게 쉽고도 정곡을 찌르는 것이었다. 상언은 감격에 가득한 표정으로 공손히 대답하였다.
"예. 자비로운 가르치심 고맙습니다, 스님."
상언은 1918년부터 1921년에 이르기까지 일대시교를 다 이수하였다. 일대시교란 부처님이 보리수 아래서 큰 깨달음을 얻은 때부터 열반에 드실 때까지 일생에 걸친 가르침을 말한다. 일대시교를 마친 상언은 여러 선방을 순회하며 본격적인 참선수행을 시작하였다.

상언이 서울 대각사에서 용성스님을 모시고 수행정진에 매진하고 있을 때였다. 어느 날 상언이 있던 선방으로 용성스님이 부르신다는 전갈이 왔다.

"부르셨사옵니까, 스님?"

용성스님은 무슨 좋은 일이라도 있으신지 밝은 얼굴로 상언을 맞았다.

"오, 그래. 거기 좀 앉으시게."

"예. 분부내리시지요, 스님."

"오늘 전라도 백양사에서 사람을 보내왔는데……."

"예, 스님."

"거기 백양사 운문암을 나에게 내어줄 것인즉, 운문선원을 차려주지 아니하겠느냐고 물어왔네."

"하오면 스님께서는……."

"조선불교를 조선불교답게 지키고 키워나가려면 참선하는 수좌들을 많이 양성해야 할 것이니, 선방 하나라도 더 늘리는 것은 백번 천번 좋은 일이 아니겠는가?"

"그야 그렇습니다, 스님."

"그러니 자네가 먼저 내려가서 그 운문암에 한번 올라가보고 선방을 차릴 만한가 점검을 해보도록 하시게."

"알겠습니다, 스님. 하오면 분부대로 백양사 운문암으로 내려가

겠습니다."

상언은 용성스님의 분부대로 전라남도 장성군 북하면 약수리에 있는 백양사 운문암으로 먼저 내려가 선방을 차리게 되었다.

백양사 운문선원에서 백용성 큰스님이 눈푸른 납자들을 지도하신다는 소문이 퍼지자마자 하동산 스님을 비롯한 석암, 금포 등 기라성 같은 선객들 오십여 명이 모여들어서 백양산은 그야말로 젊은 수좌들의 구도 열기로 가득 차게 되었다.

하늘을 찌를 듯한 이들의 구도 열기에 자극받은 상언은 모처럼의 기회에 수행다운 수행을 해보기로 발심하였다. 상언은 얼마 후 백양사 운문선원에 도착한 용성스님께 진지한 어조로 말했다.

"스님께 한가지 여쭙고자 하오니 허락해 주십시오."

"말씀하시게."

"그동안 참선수행을 오래 했사옵니다만 이 분은 이렇게 말씀하시고 저 분은 저렇게 말씀하시니 도무지 갈피를 잡을 수가 없사옵니다."

"대체 무엇을 갈피잡기가 어렵다고 하시는고?"

"어떤 분은 묵언정진이 제일이다 하시고, 또 어떤 분은 간화선이 제일이다 하시고, 또 어떤 분은 염불선이 으뜸이다 하시고……."

"여보시게, 자네."

"예, 스님."

"자네가 저 세속에 내려가 보시게. 어떤 사람은 고등고시가 제일이라 하고, 어떤 사람은 의사되는 게 제일이라 하고, 또 어떤 사람은 금광 캐는 것이 제일이라 하고, 또 어떤 사람은 농사 짓는 게 제일이라 하고, 또 어떤 사람은 장사하는 게 으뜸이라고 하고…… 허허허…… 그야말로 각양이라네."

"예, 스님."

"허나 사람마다 근기에 맞아야 무슨 일이든 성사가 되는 법. 이 사람이 말하는 대로 고등고시를 준비하다가 저 사람이 말하는 대로 금광을 캐러 다니다가 또 저사람이 말하는 대로 농사를 지어보다가 그렇게 헤매고 다니다가 나이 들어 늙어버리면 어찌 될 것인가?"

"하오면 제 근기에 맞도록 하라 그런 말씀이시온지요, 스님?"

"수행정진을 해서 견성성불하는 것도 세상만사와 다를 것이 없네. 어떤 사람은 식성이 떡을 좋아하고, 또 어떤 사람 식성은 과일을 좋아하고 또 과일 가운데서도 어떤 사람은 달콤한 과일을 좋아하고 또 어떤 사람은 새콤한 과일을 좋아하고…… 그러니 참선수행을 하되 그 방법에 너무 얽매이지 말고 자네의 근기에 맞는 수행을 하면 될 것이야."

"하오면 저는 묵언수행을 한번 해볼까 하옵니다만…… 스님께서 허락해 주실런지요?"

"묵언수행이라? 말을 하지 않는 수행을 해보겠다는 말이지?"

"그렇사옵니다, 스님."

"얼마동안이나 묵언수행을 해볼 작정인고?"

"한 철을 묵언정진할까 하옵니다만……."

"입 밖으로 말소리를 내지 않는다고 해서 묵언이 아닐세. 입 밖으로 말을 하지 않는 것은 물론이요, 마음 안에서도 말을 하지 않는 것. 바로 그것이 묵언수행이야."

"예, 스님. 스님의 가르치심 잘 받들어 여법한 묵언정진을 하도록 하겠습니다."

묵언수행.

말 한마디 하지 않은 채 오로지 정진수행하는 묵언수행은 생각처럼 쉬운 일이 아니었다. 벙어리도 아닌 멀쩡한 사람이 단 하루인들 말을 하지 않고 지내기가 어려운 법인데, 더더군다나 입 밖으로만 말을 하지 않는 것이 아니라 마음속으로도 말을 하지 않아야 된다고 하였으니 참으로 이 얼마나 어려운 수행인지 능히 짐작할 수가 있다.

마음속으로도 말을 하지 않는다는 것은 그야말로 자기 자신과의 혹독한 싸움이었다. 아니, 싸움 그 자체도 버리고 무아의 세계로 침잠하는 일이었다. 정진하는 방법만으로 우열을 가리기는 어려운 일이지만, 이 묵언수행은 진정으로 자기를 버리지 않는 자는 결코 할 수 없는 수행이었다.

그러나 상언은 하루 이틀도 아니고 한달 두달도 아닌 길고 긴 겨울 한철을 말 한마디 아니한 채 기어이 견디어 내었다. 상언이 겨울 한철 묵언수행을 마치자 용성스님은 본인보다 더욱 기뻐하며 말했다.

"자네가 기어이 겨울 한철을 묵언으로 지냈네그려. 그래, 이제 말을 틀 것을 허락할 것인즉 첫마디를 한번 일러보시게."

첫마디를 일러보라는 용성스님의 분부에도 상언은 공손히 절만 올릴 뿐 말문을 열지 않았다.

"아니 이 사람, 왜 이러시는가? 어서 한마디 해보래두 그래!"

그러나 용성스님이 두번 세번 재촉을 해도 상언은 아무 말이 없었다.

겨울 한철 내내 말 한마디 하지 않은 채 묵언정진을 마친 상언이 정진을 마치고 나서도 말문을 열지 않자 용성스님은 적잖이 놀라셨다.

"아니 이 사람, 그만 말을 트래도 그러시는가? 어서 한마디 일러보시게."

법사이신 용성스님이 두번 세번 재촉을 하시자 상언은 그제야 닫혔던 연꽃잎이 열리는 듯 빙그레 웃어 보이는 것이었다.

"아니 이 사람, 한마디 이르랬더니 웃음이 첫마디던가?"

"그렇사옵니다, 스님."

"허허허······ 자넨 과연 천진보살 그대로 일세그려. 음, 허허허! 난 또 이 사람아, 자네가 정말 벙어리가 되어버린 줄 알았네. 음! 허허허허!"

용성스님은 한참을 크게 웃고 나더니 다시 진지하게 묻는 것이었다.

"그런데 묵언정진을 하고 나니 소감이 과연 어떠하신가?"

"말을 하고 살 적이나 말을 않고 살 적이나 다를 바가 없었사옵니다."

"다를 바가 없었다면, 묵언정진을 무엇하러 했단 말이든고?"

"말이 얼마나 쓸데없는 것인지를 잘 알게 되었으니 다행인 줄 아옵니다, 스님."

"말이 얼마나 쓸데없는 것인지 알게 되었다? 허허, 이제 자네가 나한테 법문을 하시네그려. 허허허허!"

백용성 스님이 운문암을 떠나 다시 서울로 올라가시자 상언은 걸망을 챙겨들고 직지사로 옮겨 참선수행을 계속하였다. 그리고 다시 해인사 퇴설당 수도암 정각에서 당시의 선지식 전강, 월송과 더불어 선문답을 주고받으며 한겨울을 함께 보내었다.

그후로도 상언은 직지사 천불선원, 통도사 극락선원, 덕숭산 정혜선원, 도봉산 망월선원, 천성산 매원선원, 오대산 상원선원, 유점사, 표훈사 마하연, 묘향산 보현선원 등 동서남북의 선원을 옮겨 다니며 스물다섯 철에 걸친 길고 긴 수행을 거쳤다.

상언에게 있어서 이 길고 긴 수행기간 동안이야말로 자신을 부처로 탄생케 하는 견성실험의 기간이었다. 젊디 젊은 몸속의 뜨거운 피는 이 내적 체험의 기간 동안 서서히 소모되었다. 번뇌는 가슴 깊이 잔잔한 물결로 가라앉고 타버린 욕망은 재가 되었다.

통도사 극락선원에서는 혜월스님을 모시고 천진과 인욕을 배웠고, 황악산 천불선원에서는 제산스님을 모시고 한철을 지냈는가 하면, 오대산 한암스님 슬하에서는 서릿발 같은 계율의 근엄함을 배웠다.

그러나 상언의 마음에 진정으로 등불이 되어준 분은 바로 백용성 스님이었다.

용성스님을 모시고 수행을 시작하면 그 어떤 때보다도 오래 가부좌할 수 있었다. 상언스님이 한번 화두를 들면 바위가 되었다. 그의 뇌리에서는 무량겁이 흐르고 엉덩이에서는 살점이 빠져 나갔다. 때로는 낙엽이 지는 것을 보지 못했고, 때로는 눈오는 소리가 감미롭게 들리기도 하였다.

그 어떤 초월의 힘이 상언스님의 내부에서 일고 있었다.

스님의 세속 나이 마흔 살이던 1938년 음력 오월 초여드렛날이었다. 스님은 경상남도 양산군 하북면 용현리에 있는 천성산 매원

 선원에서 가부좌를 틀고 앉아 있었다. 안과 밖이 하나가 되어 귀먹은 바위처럼 앉아 있다가 어느 순간 스님은 서서히 몸을 일으켰다. 그것은 마치 거대한 바위가 일어나는 것 같았다. 상언스님의 마음속에는 찬란한 불빛이 타올랐고 마음은 한없는 우주를 거느리는 듯 황홀하기만 하였다.
 자리에서 일어난 상언스님은 드디어 법사이신 용성 선사 앞에 섰다. 상언스님의 눈에서 뿜어나오는 예사롭지 않은 기운을 느낀 용성 선사는 조용히 입을 열었다.
 "이것 보시게."
 "예, 스님."
 "조주스님 무자 화두의 열 가지 병에 걸려들지 아니하려면 대체 어찌해야 할 것인고?"
 "예. 다만 칼날 위의 길을 갈 뿐이옵니다, 스님."
 "허면 세존께서 영산회상에서 제자 가섭에게 연꽃을 들어 보이신 뜻은 과연 무엇이던고?"
 "사자의 굴에는 다른 짐승이 있을 수 없사옵니다."
 용성스님은 숨돌릴 틈도 주지 않고 다시 물어왔다.
 "육조스님께서 이르시기를 바람에 움직이는 것도 아니고 깃발이 움직이는 것도 아니고 마음이 움직이는 것이라 하셨거늘 그 말씀은 대체 무슨 뜻이던고?"

상언스님은 용성스님께 삼배를 올린 후 다음과 같이 대답하였다.
"하늘은 높고 땅은 두텁습니다."
이번에는 스님이 용성스님께 물었다.
"그러면 스님의 가풍은 대체 무엇입니까?"
용성스님은 대답 대신 갑자기 주장자를 세 번 크게 내리쳤다.
"딱! 딱! 딱!"
방안의 침묵이 갈라져버리는 듯하였다.
용성스님은 다시 상언에게 반문하였다.
"허면 그대의 가풍은 대체 무엇이던고?"
상언스님 역시 주장자를 들고 세 번 내리쳤다.
"딱! 딱! 딱!"
하늘과 땅이 움직이는 것 같았다.
"하하하하하······."
상언스님의 견성을 깨끗이 인가하는 용성 큰스님의 호쾌한 웃음소리였다.
"만고에 풍월을 아는 자 그 누구던가!
고암을 독대하니 풍월이 만고로다
(萬古風月 知音者誰
古庵獨對 風月萬古)"

스승이신 용성 큰스님은 그 자리에서 '고암'이라는 당호를 내려주시며 전법게를 내려주었다.

부처와 조사도 원래 알지 못하고
머리를 흔드는 도리를 나 또한 알지 못하는데
운문의 떡은 둥글고
진주의 무우는 길기도 하네
(佛祖元不曾
掉頭吾不知
雲門胡餠團
鎭州羅蔔長)

스님의 세속나이 40세.
비슷한 시기에 출가한 다른 스님들이 20에 견성이네, 30에 견성이네 하고 자랑하듯 말할 때, 남모르는 자비행으로 일관하여 보이지 않는 곳에 마음의 빛을 밝히던 상언스님은 불혹이라는 세속나이 40세에 드디어 커다란 깨달음을 얻고 〈고암(古庵)스님〉으로 불려지게 되었다.
그것도 스님 평생에 가장 존경하는 법사이신 용성 큰스님으로부터 여지없이 인가를 받았으니 그 기쁨은 하늘을 찌르고도 남을 터였다. 그러나 용성 스님의 인가를 받는 그 순간에도 스님의 눈빛은 평정을 잃지 않았고, 그 고요에는 조금의 흐트러짐도 없었다.
 "이제 고암, 그대는 당당히 홀로 섰으니 이제부터 눈푸른 납자들을 제접토록 하시게."
 "아, 아니옵니다, 스님. 소승 아직 그럴 자격이 없습니다, 스님."
 그러나 용성스님은 겸손하게 고개를 젓는 제자를 바라보며 엄숙하게 선언하듯 말하는 것이었다.
 "이것은 지엄하신 불조의 혜명이니 감히 한치 한푼의 어긋남도 없어야 할 것이야. 내 말 아시겠는가!"
 "예, 스님. 지엄하신 분부, 받들어 모시겠습니다, 스님."

12
그대는 그동안 누구 밥을 자셨든고?

 백용성 큰스님이 인가하시고 전법게를 내리셨건만 타고난 성품이 겸손하고 자비로운 고암스님이셨던지라 얼른 주장자를 치켜들지 않으려 하였다.
 그 이듬해인 1939년 봄 천성산 매원선원에 한 스님이 고암스님을 찾아와 공손히 절을 올렸다.
 "해인사에서 온 수좌, 스님께 문안 올리옵니다."
 "먼길에 수고가 많으셨겠습니다. 하온대 무슨 일로 소승을 찾아 오셨는지요?"
 "예. 스님을 저희 해인사 조실로 모시고자 하오니 허락하여 주십시요."
 "아니 나 같은 사람을 감히 어찌 해인사 조실로 앉히려 하신단 말씀이십니까? 당치 않으십니다."
 "아니옵니다, 스님. 허락해주십시오."
 "원로에 일부러 여기까지 오셨는데 참으로 죄송스럽게 되었습니다마는 저는 차마 해인사 조실로 갈 수가 없으니 그리 아시고 다른 스님을 모시도록 하십시오."
 멀리서나마 자비롭기 그지없다는 고암스님의 이야기를 듣고 조실로 모셔가려고 일부러 해인사에서 천성산까지 찾아온 스님은 예상치도 못한 본인의 사양에 펄쩍 뛸 수밖에 없었다.
 "아니옵니다, 스님. 스님께서는 이미 25안거를 마치셨고, 용성 큰스님으로부터 전법게를 받으신 분. 오십여 명의 수좌들이 스님을 조실로 모시기 소원이오니 부디 허락해 주십시오, 스님."
 "아니올습니다. 난 그동안 쓸데없이 귀한 절밥만 많이 축내었지 공부도 짧고 수행도 얕아서 감히 누구를 가르칠 위인이 되지 못합니다. 그러니 덕 높고 도 깊으신 훌륭한 스님을 모시도록 하십시오."
 "하오나 스님⋯⋯."
 "참으로 죄송하게 되었습니다. 해인사 조실 자리는 감히 나 같은 사람이 맡을 수가 없어요. 그러니 월송선사를 모시든지 금포스님을 모시든지 그렇게 하십시오."
 고암스님의 타고나신 성품이 착하고 어질며 겸손하고 자비롭다

는 것은 앞에서도 여러 차례 말한 바 있다. 몇해 전 금강산 마하연에서 만공스님을 모시고 수행할 적에도 고암스님은 여전히 공양주 소임을 자청하였고, 물을 따뜻하게 데워 여러 스님들께 떠다 바친 적이 있었다.

그 모습을 말없이 지켜보던 만공스님이 하루는 고암을 불렀다.
"자네는 어쩌자고 대중들 세숫물까지 덥혀서 떠다 바치시는가?"
"다른 뜻은 없사옵니다, 스님. 잘못되었다면 용서하십시요."
"아, 이 사람아. 수년 전 정혜사에 있을 때도 그러더니 여기 이 금강산에 와서도 그리 하면 내 보기가 아주 민망하이."
"죄송하옵니다, 스님."
"그때는 중 노릇한 지 몇해 안되서 그랬다구 치고, 아, 이제는 중으로 절밥 먹은지도 수삼 년이 됐지 않으신가?"
"그야 그렇사옵니다만…… 절밥 먹은 지 몇해가 됐다고 해서 마음속에 아만심이 돋아나고 그 아만심으로 해서 교만해진다면 이는 출가수행자로서의 도리가 아닌 줄로 아옵니다."
"음…… 그래서 아만심을 경계하고 스스로 하심(下心)하기 위해서 일부러 궂은일을 자청했단 말이신가?"
"남을 위해서가 아니라 저 스스로를 위해서 하는 일이니 너그럽게 용서해주십시요, 스님."
이렇듯 스스로를 낮추고 겸손했던 고암스님이었으니 얼른 해인사 조실로 가실 리가 만무했다. 고암스님은 진심으로 사양하고 또 사양하였다. 천성이 높은 자리에 앉기를 마다하시고 남에게 대접받는 것을 미안하게 여기신 분이었으니 마흔 한 살이라는 젊은 나이에 자신을 조실스님으로 모시겠다니 두 손을 내저으신 것도 어쩌면 당연한 일이었는지도 모른다.

허나 그런 고암스님도 존경하는 용성 큰스님의 엄한 당부 앞에서는 꼼짝할 수가 없었다.

"이것 보시게, 고암."

"예, 스님."

"그대는 그동안 누구 밥을 자셨든고?"

"그야 부처님 밥을 먹었사옵니다, 스님."

"허면 그 밥값은 대체 어찌하여 다 갚으려 하시는가?"

"……."

"어찌하여 대답이 없으시는고?"

"죄송하옵니다, 스님."

"그만큼 절밥을 먹었고, 그만큼 부처님 법을 배웠으면 이젠 그 은혜를 갚아야 하는 법, 대체 어찌해서 해인사 조실자리를 내친단 말이신가?"

"제가 감히 어찌 해인사 조실자리를 맡을 수 있겠사옵니까, 스님?"

"여러 말씀 하실 것 없네. 부처님 은혜, 시주님네 은혜, 스승의 은혜 그 은혜를 갚는 길은 후학들을 지도하는 것뿐이야. 내 말 아시겠는가?"

"······."

"아니, 어찌 대답이 없는 겐가, 내 말 아시겠는가?"

"예, 스님."

"어서어서 걸망 챙겨지고 해인사 조실로 가시도록 하게."

"예, 스님. 분부 받들도록 하겠습니다."

고암스님은 1939년 해인사 조실을 시작으로 해서 계속해서 표훈사, 직지사, 범어사 선원의 조실에 추대되어 후학들을 지도하였다. 항상 자비롭고 은은한 미소로 사람을 대하는 고암스님은 겉모양으로 사람됨을 평가하지 않았고 누구와도 격의없이 대화하였다.

이렇듯 고아한 성품을 지닌 고암스님을 많은 신도들은 따르지 않을 수 없었다. 고암스님이 가는 곳엔 언제나 수많은 사람들이 법문을 듣기 위해 구름처럼 모여들었다.

어느 날 고암스님은 숱한 대중들이 모인 자리에서 중생교화를 위해 보살계를 설하시게 되었다. 스님은 법상에 올라가 잔잔한 미소를 지으며 대중들의 얼굴 하나하나를 둘러보다가 이윽고 입을 열었다.

"여러 대중들은 바로 오늘 이 자리에서 보살계를 받았습니다. 경에 말씀하시기를 보살이 부처님께 귀의하여 바른 정견을 가지고 부지런히 공부하는 것은 한 생각, 자기의 본마음을 깨치기 위한 것이다 이렇게 말씀을 하셨어요. 다시 말하자면 보살은 언제 어디에서나 항상 모든 사람의 이익을 먼저 생각해야 한다 이런 말씀이지요. 보살은 좋은 마음을 쓰는 버릇을 길들여야 합니다. 남을 이롭게 해 주어야 합니다. 보살은 항상 베풀어야 하고 하심하는 마음으로 겸손해야 합니다. 남을 괴롭힌다든지 남에게 피해를 주면 그 사람은 보살이 아닙니다. 그래서 불교를 신봉하는 사람은 늘 자비스런 마음을 지녀야 합니다. 남의 생명을 해치려 하고, 남의 물건을 뺏으려 하고, 남의 물건을 훔치려 하고, 속이려 하면 그런 사람은 보살계를 열번 백번 받아도 아무 소용이 없어요. 보살은 몸으로 죄를 짓지 말아야 하고, 입으로 죄를 짓지 말아야 하고, 생각으로 죄를 짓지 말아야 하는 것이니 이와 같은 나쁜 짓을 아니하고 좋은 일을 많이 해야 오늘 보살계를 받은 보람이 있을 것입니다."

법문을 마친 고암스님은 주장자로 법상을 세 번 내리쳤다.

사람들은 고암스님의 법문을 듣고 나면 일상의 희노애락에 찌든 마음이 고요해지는 것을 느낄 수 있다 하였다. 인품에도 향기가 있는 것이라면 고암스님의 법문에는 그 은은한 인품의 향기가 담겨 있었다.

 뿐만 아니라 고암스님은 제자들이나 불교신도들이 어떤 질문을 드려도 귀찮아하거나 화내는 법 없이 자상하게 대답해 주었다. 간혹 짓궂은 사람들이 일부러 묘한 질문을 하여 스님을 곤경에 빠뜨리려 하는 일이 있었지만 고암스님은 평정을 잃지 않고 성심성의껏 이야기해 주는 것이었다.
 어느 날 하루는 고암스님의 법문을 듣고 한 젊은 신도가 벌떡 일어나 질문을 하였다.
 "스님의 법문을 듣잡고 한가지 여쭙고자 하오니 허락해 주십시요, 스님."
 "그래, 무엇이 궁금하시던가?"
 "예. 스님께서는 몸으로 죄를 짓지 말라 하셨사온데 과연 어떤 것이 몸으로 짓는 죄악이온지 어리석은 중생을 위해 소상히 일러주십시오."
 좌중에서 킥킥거리며 웃음소리가 새어나오고 있었다. 그 젊은 신도의 질문은 분명히 사람들의 상상을 엉뚱하게 자극시키는 것이었다. 그러나 고암스님은 끝까지 미소를 잃지 않고 정중히 그 신도에게 반문하였다.
 "그러면 내 그대에게 한 가지 묻겠소."
 "예, 스님."
 "그대는 가장 소중한 것이 과연 무엇이시오?"

"예. 그것은 생명이옵니다, 스님."

신도의 답변에 고암스님은 고개를 끄덕이며 진지한 얼굴로 대중들의 얼굴을 바라보았다.

"그래. 바로 말씀하셨소. 이 세상 모든 중생들에게 가장 소중한 것은 뭐니뭐니해도 목숨인 게요. 헌데 이 세상 중생들은 자기 목숨은 가장 소중하게 여기면서도 남의 목숨 소중한 줄은 모르고 있어요. 그래서 걸핏하면 목숨을 해치고 있지요. 먹기 위해서 죽이고, 즐기기 위해서 죽이고, 입기 위해서 죽이고, 때로는 화난다고 죽이고, 원한이 있다고 죽이고, 분하다고 죽이고, 또 어떨 땐 자기도 모르게 밟아 죽이고, 눌러 죽이고 바로 이 목숨을 해치는 죄악이 몸으로 짓는 죄악인 게요."

"하오면 목숨을 해치지만 아니하면 몸으로 짓는 죄악은 없는 것입니까, 스님?"

"아니지요. 몸으로 짓는 죄악에는 또 여러 가지가 더 있어요. 훔치고 빼앗고 남의 부인을 범하고…… 이런 것들도 모두 몸으로 짓는 죄악이지요."

이때 다른 신도가 손을 번쩍 들고 일어섰다.

"하, 하오면 스님! 저 소생도 한 말씀 여쭙고자 하옵니다, 스님."

"예. 말씀하시지요, 거사님."

"저…… 스님께옵서는 입으로 짓는 죄도 짓지 말라고 하셨사온데요. 대체 그 입으로 짓는 죄악이라는 것이 어떤 것들을 말씀하시는지요?"

"아, 그야 물론 거짓말을 하지 말란 것이지요. 뿐만 아니라 입으로 죄를 짓지 말라고 하신 것은 이 좋은 입으로 더러운 말, 상스러운 말을 하지 말라는 것입니다. 그러면 어떤 말이 더러운 말이요, 어떤 말이 상스런 말이겠습니까?"

스님은 좌중을 천천히 둘러보면서 자신의 질문에 답하였다.

"욕설을 하는 것은 더러운 말이요, 남을 중상모략하는 말도 더러운 말이요, 아첨하고 간사스러운 말은 상스러운 말이니 남의 흉을 보는 것도 좋은 말이 아니요, 남의 마음을 상하게 하는 것도 좋은 말이 아니니 그래서 입으로 죄를 짓지 말라고 하신 것이지요."

처음에 질문을 했던 젊은 신도가 또다시 고암스님께 질문을 올렸다. 그러나 이제 그의 얼굴에는 장난기라고는 보이지 않았다. 자상하신 스님의 법문 앞에 절로 고개가 숙여졌기 때문이었다.

"하오면 스님, 생각으로 짓는 죄악은 어떤 것이 되겠습니까?"

"뜻으로 짓는 죄, 곧 생각으로 짓는 죄는 어리석은 생각 때문에 짓는 죄악이니 나와 너를 구별하고, 내 것 남의 것을 분별하고, 원망하고 시기하고 질투하고 원한을 품고 끝없는 욕심을 일으켜 짓게 되는 죄악이니 이것이 모두 어리석은 마음 탓이라. 그래서 생각으로도 죄를 짓지 말라 이르신 것이오."

"하오면 스님, 이 세 가지 몸과 입과 생각으로 짓는 죄는 어찌 하면 막을 수 있는 것이온지요?"

"마음을 늘 고요히 지니고 마음을 늘 깨끗이 닦으면 몸으로 짓는 죄는 일어나지 않을 것이오, 입으로 짓는 죄, 생각으로 짓는 죄도 일어나지 아니할 것이오."

"좋은 법문 내려주셔서 고맙습니다, 스님."

젊은 신도는 고암스님의 자비로운 법문에 감동한 얼굴로 깊이 머리를 숙였다. 고암스님은 이렇게 해라 저렇게 해라 하고 억지로 강요하지 않았다. 다만 인간이 본래 가지고 있는 불성들을 깨달아 나가도록 안내할 뿐이었다. 제자들이나 신도들은 이러한 고암스님의 가르침에 이끌려 자연스럽게 동화되어 나갔다. 마치 한지에 물이 스미듯이.

13
살아있는 자비보살

고암스님은 1944년 음력 2월 보름날 해인사에서 대선사 법계를 받았다. 스님의 높은 덕과 간단없는 수행정진이 만천하에 인정을 받게 된 것이다. 그러나 스님은 겸손함을 잃지 않고 자신을 드러내려 하지 않았으니 늘 보이지 않는 곳에서 자비행을 실천하였다.

스님은 이듬해인 1945년 음력 10월 초열흘 전라남도 나주에 있는 다보사 다보선원 원장으로 내려갔다. 용봉, 원광 등 여러 제자를 문하에 두기 시작했을 때였다. 그런데 제자들은 스승이 누구라도 삭발출가하기를 원하기만 하면 차마 거절을 하지 못하고 허락을 해주는 것이 은근히 불만이었다.

한동안 옆에서 지켜보기만 하던 한 제자가 하루는 보다 못해 스님께 말씀을 드렸다.

"스님께 한 말씀 올리고자 합니다."

"그래, 무슨 말씀인지 어디 한번 해 보시게."

"스님께서는 어찌하여 아무에게나 출가를 허락하여 주시는지요?"

"아니, 이 사람. 그건 또 무슨 말씀이신가?"

"한달 전에는 몸도 성치 아니한 불구자에게 출가를 허락하지 않으셨습니까?"

"이 사람아, 겉만 보고 말하는 게 아닐세."

"그래도 그렇죠, 스님. 몸도 성치 아니한 사람이 과연 어떻게 저 힘든 수행자가 될 수 있겠습니까?"

고암스님은 그 제자의 얼굴을 딱하다는 듯이 바라보다가 입을 열었다.

"육신의 불구보다도 더 무서운 것이 마음의 불구야. 겉으로는 육신이 불구이지만 마음자리가 바른 사람이 있는가 하면, 겉으로 보기에 멀쩡한 사람도 속마음이 썩고 병들어 몹쓸 짓을 하는 사람이 얼마나 많은가?"

"그야 물론 그렇겠습니다마는……."

"이 사람! 자네 경찰서나 형무소 구경해본 일이 있는가?"

제자는 스승이 난데없는 형무소 이야기를 꺼내는 뜻이 무엇인지 몰라 잠시 우물거리다가 기어들어가는 목소리로 말했다.

"……끌려들어가 본 일은 없습니다만 오다가다 구경은 해봤습니다."

"살인하고 도둑질하다 잡혀온 사람 가운데 육신 멀쩡한 사람들이 더 많다는 걸 자넨 어찌 모르신단 말이던가?"

"하오나 그 사람은 또 그렇다 치고 어제 새로 받아준 그 청년 말씀입니다요."

"음, 그래. 어제 받아준 그 아이가 어쨌다는 말이신가?"

"어젯밤부터 제가 알아봤더니 그 사람 그야말로 일자무식이었습니다요, 스님."

"음. 그 아이가 일자무식이더란 말이지?"

"예, 스님. 낫 놓고 기역자도 모르는 그런 사람을 상좌 삼으셔서 대체 어쩌려고 그러시는지요?"

고암스님은 마음속을 꿰뚫는 듯한 눈으로 젊은 제자를 바라보다가 빙긋이 미소를 지으며 말했다.

"이 사람아, 자네 산에는 자주 올라가 보셨겠지?"

"그야 하루에 한 번씩은 올라갔다 옵니다요, 스님."

"음 그래, 자네가 산에 올라가보니 저 푸른 산에 낙낙장송들만 서 있던가, 아니면 키작고 못생긴 잡목들도 있던가?"

"뭐 그야…… 산에는 큰 나무도 있고 작은 나무도 있습죠."

"산에는 큰 나무도 있고 작은 나무도 있고, 곧은 나무도 있고 굽은 나무도 있는 법."
"하오나 스님!"
젊은 제자는 아직도 스승의 말뜻을 헤아리지 못하고 항변하려 하였다.
"그래도 아직 내 말뜻을 못 알아 들으시겠는가?"
"무, 무슨 말씀이시온지요, 스님?"
"집 한 채를 짓자면 대들보감도 있어야 하지만 서까래감도 있어야 할 게 아닌가?"
"그, 그야 그렇습니다마는……."
"불교가 융성하자면 참선수행에 뛰어난 선지식도 나와야 하고 경학에 통달한 대강사도 나와야 하지만, 염불 잘하고 불공 잘 드려주고 제사 잘 지내는 그런 사람도 있어야 하는 게야. 세속 학식이 좀 들었다고 해서 우쭐대고 뻐기는 사람보다는 무식한 대로 중 노릇 잘하는 사람이 더 필요한 게야, 이 사람아."
"그래서 그 사람을 받아주셨단 말씀이시옵니까요, 스님?"
"내세울 게 없는 저 아이, 내가 상좌로 받아주지 아니하면 어느 누가 받아주겠는가?"
스승의 깊은 속마음을 그제야 이해한 젊은 제자는 부끄러움에 귓부리까지 얼굴이 빨개졌다.
고암스님은 너그러운 미소로 부끄러워하는 젊은 제자의 마음을

 달래면서 이야기 하나를 들려주었다.
 "부처님의 제자 중에는 똑똑하고 집안 좋은 자제분들만 있었던 것이 아니라네. 제대로 배우지 못한 천민, 노예의 자식도 있었고, 무서운 죄를 지은 자도 있었고, 또 세상에 둘도 없는 반특이라는 바보도 있었다네."
 "바, 바보도 있었다구요, 스님?"
 "그러엄. 이 반특은 바보였지만 심성 하나는 아주 고운 사람이었다네."
 "그, 그래서요, 스님?"
 부처님께서는 여러 출중한 제자들을 불러 반특에게 공부를 가르쳐줄 것을 특별히 부탁하시었다. 그러나 이 반특은 하나를 가르치면 하나를 잊어버리고 둘을 가르치면 둘을 잊어버리는 것이었다. 그러니 어느 누가 공부를 가르치고자 하였겠는가. 다들 그만 손을 들고 포기하고 말았다.
 어느 날 부처님께서는 울면서 집으로 돌아가는 반특을 불러 앉히시고는 말했다.
 "반특아! 그러면 마당을 쓸고 방을 닦는 일은 할 수 있느냐?"
 반특은 눈물을 닦으면서 순진한 표정으로 고개를 끄덕거렸다.
 그러자 부처님은 반특에게 이렇게 분부를 내리시는 것이었다.
 "너는 앞으로 마당을 쓸고 방을 닦는 일을 맡아라. 그리고 마당을 쓸고 방을 닦을 때마다 '먼지를 털고 때를 닦아라' 하고 외우거라. 알겠느냐?"

그러나 반특은 이런 간단한 말조차도 외우지 못했다.

부처님께서는 여러 대중스님들을 모아 놓으시고 대중스님들이 반특을 위하여 만날 때마다 '먼지를 털고 때를 닦아라' 하고 말을 해주도록 부탁하였다. 그후 모든 대중스님들은 반특을 볼 때마다 말했다.

"먼지를 털고 때를 닦아라!"

반특은 매일 먼지를 털고 때를 닦는 일은 하면서 쉬지 않고 '먼지를 털고 때를 닦아라'는 말을 외웠다. 처음에는 그 글귀조차 제대로 외우지 못하였으나 여러 대중스님들의 도움으로 점차 그 글귀를 외울 수 있게 되었을 뿐 아니라 많은 시간이 지나자 마침내 그 말의 뜻까지 꿰뚫어 알게 되었다.

'먼지를 털고 때를 닦아라…… 그래! 본래 우리 인간의 마음은 청정한데 먼지나 때가 끼듯이 업장이 가리워져 있다. 먼지를 털고 때를 닦듯이 업장을 없애면 우리의 본래 불성을 찾을 수 있을 것이다.'

이렇게 반특은 청소를 하듯이 마음을 닦아 후에 깨달음을 얻게 되었다.

"모두가 다 버리고 포기한 반특이었으나 부처님만은 그를 제자

로 받아들여 깨달음으로 인도하여 주셨다네. 업장으로 인하여 무지한 우리들의 때를 자상한 자비로써 닦아주시고 지혜를 찾아주신 것이라네."

고암스님이 이렇게 이야기를 마치자 젊은 제자는 숙연한 눈빛으로 고개를 숙였다.

"알겠습니다, 스님. 제가 그만 소견머리가 얕아서…… 잘못했습니다, 스님."

고암스님은 고개가 땅에 닿도록 머리를 조아리는 제자를 보며 다시 빙그레 미소를 짓는 것이었다.

"좋은 인연으로 만났으니 잘 이끌어주도록 하시게."

"예, 스님. 분부대로 잘 지내겠습니다요."

타고난 성품이 이처럼 자비로웠던지라 스님은 어느 누구에게도 싫은 소리 한번을 못하는 분이었다. 그런 고암스님이 더더구나 삭발출가하겠다고 찾아온 사람에게 어찌 퇴짜를 놓을 수가 있었겠는가.

스님이 바로 이 다보사에 계실 때의 일이었다.

새로 들어온 한 어린 제자가 부처님께 사시마지를 올리다가 그만 아차하여 공양그릇을 놓치고 말았다. 사기로 된 공양그릇은 땅바닥에 떨어져 쨍그랑 소리를 내며 그만 박살이 나버렸다.

부처님께 올릴 신성한 공양그릇을 깨버린 어린 제자는 너무나 놀라 얼굴에 핏기가 사라졌다.
곁에 있던 공양주 스님이 큰소리로 나무라기 시작했다.
"아니! 아니, 이 사람이 이거! 아, 마지그릇을 놓치면 어찌 된단 말인가!"
어린 제자는 눈물까지 글썽이며 손이 발이 되도록 빌었다.
"자, 잘못했습니다요, 스님."
"잘못도 유분수지 그래, 아이구 세상에! 아 부처님 마지그릇을 깨는 녀석이 도대체 무슨 중 노릇을 하겠다고 그래?"
"잘못했습니다. 한 번만 용서해주십시오."
나이 어린 사미승의 볼을 타고 눈물이 한방울 똑 흘러내렸다. 그러나 공양주 스님은 화가 머리끝까지 나서 소리쳤다.
"듣기 싫어! 보따리 싸가지고 어서 썩 나가란 말야! 조실스님 아시기 전에 어서 나가라구!"
그때였다. 고암스님이 공양간 문을 열고 들어오는 것이었다.
"대체 무슨 일로 이리 소란스러우신가?"
면구스러워진 공양주는 괜스레 두 손을 비비며 머리를 조아렸다.
"예? 아, 아, 예에…… 아무것도 아닙니다요, 스님."
하지만 공양간 바닥에 떨어져 박살이 난 사시마지 그릇은 모든

것을 설명하고 있었다. 어린 제자는 얼어붙은 듯 제자리에 서서 고암스님의 처분만 기다리며 발발 떨고 있었다.

부처님께 사시마지를 올리다가 공양그릇을 떨어뜨려 깨버렸으니 이건 예사 잘못이 아니었다. 웬만한 스님 같으면 주장자를 휘둘러 한방 내리칠 일인 것이었다.

고암스님은 깨어져 바닥에 나뒹구는 공양그릇을 보고 어린 사미에게로 시선을 돌렸다. 스님은 벌벌 떨고 있는 어린 사미를 보더니 돌연 웃음을 터트렸다.

"하하하하. 거⋯⋯사미승이 그러셨는가?"

사미승은 자라목처럼 목을 움츠리며 기어들어가는 목소리로 대답했다.

"예, 스님. 죽을 죄를 지었시옵니다. 하, 한 번만 요, 용서해주십시요."

옆에서 지켜보던 공양주 스님이 끼어들며 한마디하였다.

"글쎄 이 사람이 매사에 이렇게 조심성이 없더니만 결국은 이렇게 일을 저지르고 말았습니다요, 스님."

고암스님은 부드러운 음성으로 사미승에게 말을 걸었다.

"그래. 어디 다친 데는 없으신가?"

어린 사미는 의외의 질문에 얼굴을 붉히며 말까지 더듬었다.

"아, 아, 다친 데는 없습니다."

공양주 스님이 조심스러운 표정으로 고암스님의 눈치를 살폈다.
"이를…… 대체 어찌할까요, 스님?"
그러나 고암스님은 예사로운 어투로 이렇게 대꾸하는 것이었다.
"어찌하긴 뭘 어찌해. 마지는 다시 지어 올리면 될 것이요, 그릇은 새 그릇을 쓰면 될 일이 아니겠는가."
고암스님의 관대한 말에 어린 사미는 용기를 내어 다시 한번 사죄하였다.
"참으로 죽을 죄를 지었으니 한 번만 용서해주십시오, 스님."
스님은 빙그레 웃으며 입을 열었다.
"아닐세. 내 그렇지 아니해도 마지그릇이 너무 오래된 것이라 이젠 새 그릇으로 바꿔 올려야겠다고 마음 먹고 있던 터였는데, 마침 잘 됐으니 새 그릇으로 바꾸어 올리시게."
놀란 것은 오히려 곁에서 지켜보던 공양주 스님이었다.
"아니! 하, 하오면 스님!"
공양주 스님의 말을 들은 듯 만 듯 고암스님은 태연하게 공양간을 나서며 이렇게 말하는 것이었다.
"부처님께서도 새 그릇을 받고 싶으셨던 모양이니 그리들 아시게."
고암스님의 관대한 말씀에 감동한 어린 사미는 스님의 사라진 쪽을 향해 연신 머리를 조아리며 입속으로 되뇌었다.

"고맙습니다, 스님. 정말 고맙습니다요."

고암스님이 나주 다보사 다보선원 원장으로 계실 때 다보사 주지스님은 오화스님이었고 정전강 스님이 입승을 맡고 있었다. 당대의 선지식 고암스님과 전강스님이 다보사 다보선원에 계신다 하는 소문이 삽시간에 퍼져나가 수많은 눈푸른 납자들이 이곳으로 모여들기 시작했다.

그러나 이 당시만 해도 절살림이 매우 곤궁했던지라 이십여 명의 대중이 끼니를 때우기도 어려운 형편에 놓여 있었다. 그러나 고암스님은 절 형편이 어려운 줄을 뻔히 다 아시면서도 새로 찾아오는 젊은이들을 두말 않고 받아주는 것이었다.

보다 못한 한 스님이 고암스님을 찾아뵙고 하소연을 하였다.

"스님께 한 말씀 올려야겠습니다."

"그래, 말씀해 보시게. 무슨 말씀이던고?"

"스님께서도 살피고 계시다시피 지금 우리 다보사 살림 형편은 말씀이 아니옵니다요, 스님."

고암스님은 진지하게 고개를 끄덕이며 동감을 표했다.

"그래. 다들 이태째 흉년이 들었다고들 그러니 어딘들 넉넉한 살림이 있을 수 있겠는가?"

"하온데 스님께서는 오늘도 또 새 식구를 허락하셨으니, 대체 이 일을 어찌하시려고 그러시는지요, 스님?"

"살림 어려운 거야 낸들 어찌 모르겠는가. 허나, 수행을 하겠다고 불원천리 찾아오는 사람을 감히 어찌 문전에서 돌려보낼 수 있겠는가?"

"하, 하오나 스님! 스님의 자비로우심을 모르는 바 아니오나 현재까지는 아침에는 죽, 점심에는 밥 한 끼, 오후에는 불식으로 견디고는 있사옵니다마는, 더 이상은 이 많은 대중들의 죽을 끓여대기에도 양식이 모자라오니 대체 이 일을 어찌하면 좋겠습니까, 스님!"

고암스님은 깊은 한숨을 내리쉬며 고개를 끄덕였다.

"음……알았네. 그러니까 날더러 더 이상 수좌들이 찾아오더라도 문전에서 되돌려 보내라 그런 말씀이 아니시든가?"

"양식도 양식이지만 다리 뻗을 자리도 비좁습니다요, 스님."

정말 그랬다. 조그마한 절에서는 찾아오는 수좌들의 양식 대는 것도 문제려니와 수좌들이 쉴 수 있는 자리조차 턱없이 부족했다. 다보선원의 원장을 맡고 있는 고암스님이 어찌 그런 절살림의 고충을 모르겠는가.

고암스님은 연신 한숨을 쉬며 앉아 있는 젊은 스님을 안쓰러이 바라보다가 조용히 말했다.

"알았네. 그러면 앞으로는 수좌가 찾아오거든 자네가 나가서 만

나고 돌려보낼 것이지 내 앞에는 아예 데려오지 마시게."

고암스님이 이렇게 말하자 화들짝 놀란 젊은 스님은 두 손을 내저으면서 애끓는 목소리로 말했다.

"아유 스님! 노여워하실 일이 아닙니다요, 스님! 절 사정이 하도 딱해서 말씀을 올렸는데요."

"나두 노여워서 한 말이 아닐세. 사람이 어찌 찾아오는 수행자를 대면하고서야 되돌려 보낼 수가 있단 말이신가. 차라리 대면을 안 하는 게 낫지. 거기 걸려 있는 걸망이나 이리 벗겨주시게."

"아니 스님…… 어디 나가시게요?"

"내 잠깐 나주 읍내에 좀 나갔다 와야겠네."

고암스님은 걸망을 짊어지고 홀로 다보사를 나섰다.

이른 봄의 씰씰한 바람이 사성없이 몰아쳐 왔다. 고암스님은 등에 짊어진 걸망을 추스리고는 천천히 금성산을 내려갔다. 한발짝 한발짝 디딜 때마다 겨우내 신었던 닳아빠진 고무신 바닥에 묵직하니 진흙덩이가 묻어났다. 응달진 산자락에는 아직도 하얀 잔설이 한여름의 이끼처럼 군데군데 모여 있었다. 봄이라 하기에는 아직 이른 때인지도 몰랐다.

그날 오후 땅거미가 질 무렵이었다.

아침나절에 고암스님을 찾아뵙고 아쉬운 소리를 했던 그 젊은 스님은 절 밖을 서성대고 있었다. 아침나절에 나가 아직도 돌아오지 않는 고암스님을 기다리는 것이었다.
 다보사의 다른 스님들은 고암스님이 말도 없이 자리를 비우자 이상하게 생각하는 눈치였다. 하긴 평소에 외출하실 때면 언제나 정확하게 행선지와 돌아올 시간을 밝히고 떠나시던 정확한 분이니 그럴만도 했다.
 별일이야 없겠지만서도 젊은 스님은 은근히 걱정이 되는 것이었다.
 '혹시라도 아침일이 언짢아 이리 늦도록 바깥바람을 쐬시는 것은 아닐까.'
 젊은 스님은 노을빛이 짙어가는 금성산의 서녘 하늘을 바라보며 상념에 빠졌다. 이때 산 아래에서 누군가가 올라오는 소리가 희미하게 들려왔다.
 고암스님이었다. 젊은 스님은 반가운 마음에 후닥닥 달려갔다.
 "아니, 스님! 왜 이리 늦으십니까요?"
 "자, 이것부터 받으시게!"
 스님은 절 밖에 나와 자기를 기다린 젊은 스님을 보자 빙그레 웃으면서 걸망을 내미는 것이었다.
 "아유, 아유 스님! 걸망이 이거 왜 이렇게 무겁습니까요?"
 "내, 양식 좀 구해왔네."
 "아니, 아니 스님?"

　고암스님이 언짢아하실 것을 걱정하며 하루종일 마음을 졸이고 있었던 젊은 스님은 양식을 구해왔다는 소리에 입을 떡 벌리고 말았다.
　"아니, 이 사람! 놀라기는 왜 놀라시는가?"
　"스, 스님! 혹시 탁발해오신 거 아니십니까요?"
　"허어, 사람 참! 아, 그럼 머리 깎은 승려가 탁발하지 아니하고 도둑질이라도 해온 줄 아시는가?"
　당연한 일이라는 듯 고암스님이 반문하자 젊은 스님은 발을 동동 구르며 애끓는 소리로 부르짖었다.
　"스님! 이러시면 아니 되시옵니다, 스님!"
　"아니 되기는! 무엇이 어째서 아니 된다는 말씀이신가?"
　"젊은 수좌들이 수없이 많은데 스님께서 이렇게 탁발을 다녀오시면 저희 젊은 것들이 감히 무슨 염치로 죽인들 먹을 수가 있겠사옵니까요, 스님?"
　고암스님은 젊은 스님의 어깨를 토닥이면서 부드럽게 말했다.
　"원, 이 사람 참! 쓸데없는 걱정을 하고 있으시구먼! 아, 이 사람아. 자식들이 죽기를 기약하고 공부를 피나게 하고 있는데, 앉아서 자식들 굶길 부모가 어디 있겠는가? 조금도 괘념치 마시고 공부들이나 잘 하라고 하시게."
　"스님……."

목이 메어 더 이상 말을 잇지 못하는 젊은 스님의 눈에서 뜨거운 한 줄기 눈물이 흘러내렸다.
 이렇게 고암스님은 아무리 절살림이 어려워도 싫은 내색 하나 없이 찾아오는 수좌들을 계속해서 다 받아주었다. 그 대신 고암스님은 틈만 나면 걸망을 짊어지고 마을로 내려가 손수 탁발을 해다가 수좌들의 양식을 대주곤 하였다. 다보사의 다른 스님들이 아무리 말려도 소용이 없었다.
 빈한한 절 형편 때문에 후학들의 공부에 지장이 가지 않도록 하려는 고암스님의 눈물겨운 노력은 진정 친자식을 걱정하는 어미의 모성애와도 같았다. 이런 자비보살과도 같은 실천행은 보이지 않는 가운데 입에서 입으로 전해지게 되었다. 그리하여 고암스님을 흠모하는 마음에 일부러 다보사를 찾아오는 젊은 납자들의 발길이 끊이지 않았다.

14
젊은 수좌들 눈을 틔워주려면

그러던 어느 날이었다.

다보사 절마당에 다사로운 봄볕이 비춰들고 물오른 나뭇가지에 새들이 날아들었다. 건듯건듯 불어오는 봄바람에 달콤한 꽃향기가 묻어났다.

고암스님이 머물고 있는 승방에 조용한 인기척 소리가 들렸다.

"조실스님께 문안드리옵니다."

읽던 책을 덮고 문을 여니 한 젊은이가 문 밖에 서 있다가 공손히 합장을 하는 것이었다. 어디선가 봤음직한 낯익은 얼굴이었다. 젊은이의 얼굴을 한참이나 뚫어지게 바라보았지만 도무지 생각이 나지를 않았다.

"음…… 어서 들어오시게."

"예, 스님."
젊은이는 고암스님께 넙죽 큰절부터 올렸다.
"음, 그래. 어디서 오시는 어느 수좌이시던고?"
"예. 백양사 운문암에서 행자로 있던 아이옵니다만, 알아보시겠는지요, 스님."
"음. 백양사 운문암……."
고암스님은 생각에 잠긴 눈으로 앞에 앉아 있는 젊은 수좌를 바라보다가, 어느 순간 얼굴을 환히 빛내면서 한 손으로 무릎을 탁 쳤다.
"오! 그러고 보니 자네! 그래, 일곱 살 때부터 행자했다는 그 사람이구먼!"
"예, 스님. 그렇사옵니다."
젊은 수좌는 스님이 자기를 기억해주는 게 반가워서 어쩔 줄 몰랐다.
"아니, 그래, 그동안 어느 절에 있다가 여기까지 오셨는고?"
"예. 백양사 운문암에서 스님이 떠나신 후 몇 년 더 있다가 바로 이 다보사에 와 있었습니다."
"오! 그러면 자네가 나보다 더 먼저 이 다보사와 인연을 맺었었네그려. 음, 허허허!"
"예. 그런 셈입니다."

"그래, 이 다보사에서 떠난 뒤로는 또 어디 계시다 오시는 길이 신고?"

"예. 그동안 일본에도 좀 가 있었구요. 그후 이 절 저 절 돌아다니다 스님께서 이 다보사에 계신다 하시기에 그래서 찾아왔습니다."

고암스님은 만면에 미소를 지으며 고개를 끄덕였다.

"일부러 나를 찾아왔다니 고마운 일이시구먼. 그래, 그동안 어느 스님 밑에서 공부를 하셨는고?"

"말씀드리기 송구스럽사옵니다. 이 절 저 절 옮겨다니고 밥이나 얻어먹고 지내다 보니 아직 은사스님을 정하지 못했습니다, 스님."

"어허, 저런! 아, 내가 알기로 절밥 먹은 지가 십수 년이 넘었거늘 아직도 은사스님을 정하지 못하셨다면 그게 어디 될 법이나 한 소리던가?"

"어릴 적부터 박복한 아이라 이렇게 됐습니다. 그래서 저……스님 문하에 들게 허락해 주십시요, 스님."

"내 밑에서 공부하게 해달라고?"

"예, 스님."

"그야 어려운 일이 아니네만 자네 참으로 내 밑에서 발심을 해서 공부를 야무지게 해 내시겠는가?"

"예, 스님. 허락만 해주시면 열심히 수행을 하겠사옵니다."

젊은이의 굳은 다짐에 고암스님은 두말없이 허락해 주었다.
"음, 허면 여기서 공부하도록 하시게."
"고맙습니다, 스님."
"헌데, 자네 법명은?"
"아, 아직 법명도 받지 못했사옵니다."
"그러면, 자네 법명은 성품 성(性) 자, 호수 호(湖) 자 성호(性湖)라고 하시게."
선뜻 문하에 거두어주시고 성호라는 법명까지 내려주시는 고암스님의 자애로움에 몸둘 바를 몰라하던 젊은이는 다시 한번 스님께 큰 절을 올렸다.
"참으로 고맙습니다, 스님."

그후 얼마 안 있어 다보사 주지 오하스님이 열반에 드시게 되었다. 다보사 주지 자리가 비게 되자 고암스님은 당대의 선지식 전강스님을 주지로 천거하였다. 고암, 전강 두 고명한 스님의 법문을 듣고자 하는 신도들의 행렬이 그칠 날이 없게 되고 빈한하던 다보사의 형편도 썩 좋아지게 되었다.
오하스님이 열반에 드신 지 일 년이 지났을 무렵이었다.
광주에서 왔다는 한 스님이 고암스님을 찾아뵈었다.
"어서 오시오. 어디서 오시는 어느 수좌이신지……."

"아, 예. 소승 광주 자운선원에서 오는 수좌이옵니다."
"들어오시오."
"인사올리겠습니다요, 스님."
광주에서 온 스님은 방에 들어오자마자 고암스님께 예를 갖춰 큰절을 올렸다.
"아아, 절은 한 번만 주고받으면 되는 것이요. 그만, 그만하고 이리 앉도록 하시오."
아무리 젊은 사람이라도 쉽사리 반말을 하지 않는 고암스님이었다. 자운선원에서 온 젊은 수좌는 덕높기로 이름난 고암스님이 계속 말을 높이자 면구스러워 얼굴을 붉히며 말했다.
"스님, 말씀 낮춰주십시오."
"무슨 말씀. 그래, 자운 선원에서 수행을 하셨다구요?"
"제발 말씀 낮춰주십시오. 소승, 너무 황송해서 몸둘 바를 모르겠사옵니다."
"호오! 그래요? 불편하게 해드렸으면 용서하시고, 그래 운수행각을 나오신 겐가?"
"아, 아닙니다. 운수행각을 나온 길이 아니오라, 조실스님께 한 가지 간청을 올리려고 이렇게 찾아뵙게 됐습니다."
"나한테 간청을 하다니? 무엇을 말씀이신고?"
"예. 광주 자운선원에는 십여 명의 수좌들이 참선수행을 하고 있사옵니다만 저희들을 지도해주실 조실스님이 아니 계시옵니다."
 광주 자운선원의 젊은 수좌들이 조실스님도 없이 수행하고 있다는 딱한 사정을 들은 고암스님은 마치 자신의 일인양 가슴아파 하였다.
 "허허, 저런! 젊은 수좌들 눈을 틔워주려면 그래도 조실스님이 계셔야 할 터인데……."
 젊은 스님은 조심스럽게 말을 이었다.
 "그래서 조실스님을 찾아뵙고 저희 수좌들을 가엾이 여기시사, 자운선원 조실로 와주십사 간청을 드리러 왔사옵니다요, 스님."
 "아니! 날더러 자운선원 조실을 맡으라?"
 "그렇습니다, 스님."
 "아니, 그럼 이 다보사는 어찌하고?"
 고암스님의 반문에 젊은 스님은 잠시 우물쭈물하다가 어렵사리 말을 꺼내었다.
 "저…… 이 다보선원에는 조실스님이 아니 계셔도 전강스님이 계시고 또 조실스님께서 자운선원과 다보선원을 내왕하시면 될 일이 아니겠습니까요?"
 "음, 거 듣고 보니 그렇구먼. 내 그럼 자운선원으로 가야겠구먼."
 고암스님이 선선하게 응낙을 하자 자운선원에서 올라온 젊은 수좌는 뛸 듯이 기뻐하였다.

"아, 그래 주시겠사옵니까, 스님?"

"젊은 수좌들이 와달라고 그러면 가는 것이 도리지. 가기로 허세."

고암스님은 남의 딱한 사정을 나 몰라라 하지 못하는 성품인지라 그 즉시로 광주 자운선원으로 가기로 결정한 것이었다. 이리하여 스님은 나주 다보사를 떠나 광주 자운선원으로 자리를 옮기게 되었는데 이 소식을 전해 들은 전강스님이 부리나케 달려왔다.

"아니 그래, 스님께서 이 다보사를 버리고 자운선원으로 가시겠단 말씀이시옵니까?"

"어쩌겠소? 수좌들만 있다니 나라도 가서 보살펴줘야죠."

고암스님의 예사로운 대답에 힐말을 잃고 앉아있던 전강스님은 마침내 굳게 결심을 한 듯 입을 열었다.

"스님께서 이 다보사를 떠나겠다 하시면 저도 스님 따라서 자운선원으로 가겠습니다."

"허허허허! 이거 무슨 말씀. 저도 떠나고 전강스님마저 떠나신다면 이 다보선원은 누가 지킨단 말씀요?"

"이 다보선원은 이제 제가 없어도 잘 되어갈 것입니다. 아무튼 저도 스님 따라서 자운선원으로 갈 것이니 그리 아십시요."

전강스님마저 덩달아 자운선원으로 가겠다고 나서니 난처한 일이었다. 예상치도 못하게 일이 묘하게 꼬이게 된 것이었다.
 "허허, 이거 이리 되면 아니 되는데······ 대체 무슨 일로 이 다보사를 떠나시겠다는 게요, 그래?"
 "아, 그거야 스님도 짐작하실 게 아니겠습니까?"
 누가 퍼뜨렸는지는 모르지만 전강스님에 대해 안 좋은 소문이 퍼져 그 얘기를 들은 다보사 신도들이 몰려와 항의를 하는 소동이 벌어졌었는데, 신도들의 오해가 풀린 지금에도 전강스님은 그 일이 항상 마음에 걸렸던 모양이었다. 고암스님이라고 왜 전강스님의 그 마음을 모르겠는가.
 "흐음······."
 전강스님은 불쾌했던 기억이 다시 생각나는 듯 이맛살을 찌푸리며 말했다.
 "저하고 이 다보사하곤 연대가 별로 좋지 않습니다. 원, 신도들이 몰려와서 삿대질을 하지 않나······."
 "아, 그거야 신도들이 스님을 몰라뵙고 한때 실수를 했던 것. 그 일은 그만 잊어버리시고 여기 계시도록 하시지 그래요?"
 "아닙니다. 저하고 이 다보사하곤 이제 인연이 다한 것 같으니 저도 스님 따라서 자운선원으로 가겠습니다."
 더 이상 말릴 수만은 없는 일이었다. 게다가 주지스님으로 있다 보면 군수나 관청 사람들 대하기가 예사인데, 전강스님은 남들 비

위 맞추는 일은 도통 하지 못하는 강직한 성품이었다. 그나마 여태까지는 고암스님이 중간에서 완충 역할을 해주었기 때문에 견딜 수 있었지만, 고암스님마저 떠나고 나면 전강스님으로서는 난감하기 그지없는 노릇일 것이었다.

"으음……."

고암스님은 이러지도 저러지도 못하고 마음만 천근처럼 무거웠다. 그러나 자운선원에는 이미 가겠노라 단단히 약조를 해놓았던 터. 이제와서 못 가겠다고 버틸 수는 없는 일이었다. 한참 동안을 망설이던 고암스님은 마침내 전강스님을 향해 승낙의 미소를 지었다.

"정 뜻이 그러시다면 함께 가십시다그려."

"고맙습니다, 스님!"

전강스님이 돌아간 뒤 고암스님은 제자들이 있는 방을 향해 소리쳤다.

"이것 보시게, 성호 수좌! 거기 있는가?"

"예, 스님. 여기 있사옵니다."

"자네도 날 따라 자운선원으로 가야할 것이니 걸망 챙겨놓도록 하시게."

"예, 스님. 분부대로 하겠습니다."

이렇게 해서 고암스님은 광주 자운선원으로 자리를 옮겼다. 함께 간 전강스님은 주지를 맡고 고암스님은 조실을 맡아서 수좌들을 지도하게 됐으니, 젊은 수좌들 몇 명만이 적적하게 수행을 해 나가던 광주 자운선원은 고암, 전강 두 고승을 맞아 갑자기 활기가 넘치기 시작했다.

그러던 1950년 봄이었다.

일제의 강점에서 벗어난 지 5년째에 접어들었지만 좌우익의 갈등으로 나라 안이 시끌시끌하던 때였다. 그러나 광주 자운선원에는 간간히 독경소리만 들려올 뿐 고요하기 그지없었다.

"부르셨사옵니까, 스님?"

문 밖에서 성호 수좌의 목소리가 들려왔다.

"그래, 내가 불렀네. 어서 들어오시게."

고암스님은 읽던 책을 덮고 성호 수좌를 맞아들였다.

"분부내리시지요, 스님."

"분부내릴 건 없구, 내가 말일세······."

"예, 스님."

"내일 모레 영암군 시종면으로 옮겨갈까 하는데 자네도 따라가시겠는가?"

성호 수좌는 난데없이 영암으로 옮겨간다는 말에 깜짝 놀라서 말했다.

"아니! 갑자기 영암군 시종면에는 왜 가시는데요, 스님?"
"음, 저 자네도 아시는 나용덕 거사님 말일세."
"예, 스님. 그 부자 거사님 말씀이시군요."
"그래. 그 거사님 부인이신 자비화 보살님이 영암 시종에다가 나를 위해서 절을 하나 세워주시고 거기 가서 편히 지내라고 그러시질 않겠는가?"
"아니, 그러시면 그 절로 옮겨 가시게요?"
"그래. 이제 이 자운선원은 내가 없어도 지도할 사람이 있으니 한적한 농촌에 가서 공부를 했으면 싶어."

사실 그간 후학들을 지도하는 데에만 힘을 쏟느라 휴식이 필요했던 터였다. 그런데 마침 자운선원의 착실한 신도인 나용덕 거사가 고마운 제안을 해왔다. 자운선원은 전강스님이 든든하게 자리를 지키고 있으니 크게 걱정하지 않아도 될 일이었다.

"하오면 누구 누구를 데리고 가실 건가요, 스님?"
"글쎄…… 새로 지은 백련사에 논도 한 열 마지기, 밭도 댓 마지기를 붙여놓았다고 하니, 몇몇 수좌들은 함께 가도 양식 걱정은 아니 하겠어. 그래서 가고 싶다는 수좌들은 다 데리고 갈까 싶네."
"하오면 저도 스님 모시고 따라가겠습니다, 스님."
"음. 그럼 그렇게 하시고 걸망 챙겨 두시게. 도광 수좌, 운문 수좌, 법륜 수좌도 따라가겠다고 그랬네."

"예, 스님. 잘 알겠습니다."

이렇게 해서 고암스님은 도광, 운문, 법륜, 성호 등 여섯 명의 수좌들을 데리고 영암군 시종면 반암리에 새로 지은 절, 백련사로 옮겨가게 되었다.

15
나뭇꾼과 선녀

백련사는 규모는 작았지만 아름다운 월출산이 한눈에 바라보이는 데다가, 외지 사람들의 발길이 뜸한 호젓한 절로 제자들의 착실한 수행을 위해서도 아주 좋은 조건이었다.

그러나 고암스님이 백련사로 옮겨가신 지 채 몇달도 되기 전에 민족 상잔의 전쟁이 일어나고 말았다. 처음에는 삼팔선 근처에서 충돌사고가 또 일어났겠거니 하고 대수롭지 않게 여겼으나, 육이오가 일어난 지 한 달이 지나자 전라도 땅에도 인민군이 밀어닥치기 시작했다.

평화롭던 마을은 전쟁의 회오리에 휘말려버렸다. 가까이서 전투가 벌어지는지 콩을 볶는 듯한 총소리가 밤새 들리더니 어느 순간부터 정적이 흘렀다. 그날부터 영암은 인민군들의 세상이 되었다.

인민군들은 영암의 가난한 농민들을 자극하여 지주나 경찰의 집을 수색하고 재산을 몰수하였다. 아직까지 사찰은 안전하였지만 종교 자체를 탐탁치 않게 여기는 인민군들이니만큼 안심할 수만은 없는 노릇이었다.
　고암스님은 며칠 밤을 뜬눈으로 밝히며 세상 돌아가는 형편을 지켜보다가 마침내 결단을 내린 듯 제자들을 불러모았다.
　"다들 모이셨는가?"
　"예, 스님."
　제자들의 얼굴은 전쟁이 주는 공포와 긴장으로 딱딱하게 굳어 있었다. 고암스님은 착잡한 표정으로 여섯 제자의 얼굴을 하나 하나 둘러보며 입을 열었다.
　"설마 설마 했더니 이 전라도까지도 인민군이 들어왔네."
　"그러게 말씀입니다요, 스님. 벌써부터 반동분자다 뭐다 해서 잡아가고 있답니다요."
　"소문을 듣자니 젊은 청년들을 잡아다가 의용군으로 내보낸다 하니, 이는 심상치 않은 일. 늙은 나야 별일 없겠지만 젊은 자네들까지 여기 있다간 무사하지 못할 것이야."
　스님의 말을 듣고만 있던 한 제자가 떨리는 목소리로 스승께 여쭈었다.
　"하오면, 저희들은 대체 어찌해야 좋겠습니까요, 스님?"

"삭발출가해서 수행하던 사람들이니 다른 일은 없을 터이지만 의용군으로 내보낼 수도 있는 일이니 오늘밤으로 제각기 흩어져 피신하도록 하게."

"피신하다가 만의 하나라도 붙잡히는 날에는 어떻게 해야 좋겠습니까요, 스님?"

"만일에 붙잡히거든 절간에서 머슴살이를 하다가 도망쳐 고향에 가는 길이라고 하시게. 그러면 별일은 없을 것이네. 내 말, 다들 알아들으셨는가?"

"예, 스님."

"그럼 어서 걸망을 챙기도록 하시게."

"예, 스님."

젊은 제자들을 피신시킨 고암스님은 혼자 백린사를 지키며 잠선 수행을 계속하였다. 이 기간 중에도 광주 자운선원과 나주 다보사를 자주 내왕하였다.

전쟁의 참상은 차마 눈뜨고는 보지 못할 정도였다. 피를 나눈 형제보다 더 친하게 지냈던 사람들이 반동분자다, 빨갱이다 하며 서로를 죽음으로 내몰기 일쑤였다. 아니, 그래야만 살아남을 수 있는 세상인지도 몰랐다.

그러나 고암스님은 어떤 명분이라 해도 생명을 해치는 일은 있을 수 없다고 믿는 분이었다. 스님은 자신에게 구원을 요청하는 약한 사람들을 결코 외면하지 않았다.

스님은 때로 반동분자로 몰려 곧 죽게 된 사람을 다보사에 숨겨 주어 목숨을 살렸는가 하면, 9·28 수복 이후에는 빨갱이로 몰린 사람을 다보사에 숨겨주어 누명을 벗게 하기도 했다.

그 일을 주욱 지켜보던 한 스님이 나중에 고암스님에게 이렇게 여쭈었다.

"스님. 스님께서는 반동분자로 몰린 사람을 다보사 머슴이라고 속여 살려주신 일이 있으셨죠?"

"음, 그래. 그런 일이 있었지."

"그리고 또 그후에는 빨갱이로 몰린 사람을 다보사 머슴으로 속이고 살려준 일이 있으셨죠?"

고암스님은 태연한 얼굴로 다시 고개를 끄덕이며 대답하였다.

"음, 그래. 그런 일도 있었지."

"아니 그러시면 스님! 스님께서는 대체 어느 편이시옵니까요, 예?"

"어느 편이냐? 아니, 그건 또 무슨 말씀이신가?"

"이쪽도 살려주고 저쪽도 살려주셨으니 대한민국 편이시냐 아니면 빨갱이 편이시냐, 어느 쪽이시냐구요?"

고암스님은 도무지 이해할 수 없다는 얼굴로 질문하는 젊은 스님을 오히려 이상한 듯 바라보면서 대답하는 것이었다.

"아, 그거야 이 사람아! 난 사람 살리는 편이지 어느 편은 어느 편이겠는가?"

"원 세상에. 그런 대답이 어디 있습니까, 스님?"

"허허허허. 이 사람! 내 대답이 바른 대답이지 그게 무엇이 잘못 되었단 말씀이신가, 그래?"

"그러면 말씀이에요, 스님. 스님께서는 이쪽 저쪽에 다 거짓말을 하셨는데요? 출가수행자가 그렇게 시치미를 딱 떼시고 거짓말을 해도 괜찮은 것이옵니까, 스님?"

"허허허허."

고암스님은 아무 대답 없이 그저 껄껄 웃기만 할 뿐이었다.

"아니. 어째서 웃으시기만 하시옵니까, 스님?"

또 다른 수좌가 덩달아서 짓궂게 여쭈있나.

"대답하시기가 영 곤란하십니까?"

"원, 이런 답답한 사람을 보았는가. 자네는 말에 얽매이지 말라는 부처님 말씀은 듣지도 못하셨는가?"

"하오면 스님께서는 거짓말하지 말라는 부처님 계율은 잊으셨습니까요?"

"이 사람아, 거짓말도 거짓말 나름! 생명을 살리고 남을 도와주는 거짓말은 거짓말이 아닌 게야."

"아니, 그건 또 무슨 말씀이십니까요, 스님?"

고암스님은 진지한 얼굴로 이야기를 시작했다.

"옛날 부처님이 생존해 계실 때의 일이었네. 하루는 제자가 부처님께 여쭈었네. '부처님이시여, 제가 제 눈으로 본 것을 보았다고 대답해야 옳사옵니까, 아니면 보고도 못 보았다고 대답해야 옳겠사옵니까' 하고 물었다네?"

"그, 그래서 부처님께서는 뭐라고 말씀을 하셨는데요?"

"그때 부처님께서는 이렇게 말씀을 하셨네. '나는 본 것을 보았다고 말하라고 가르치지 않는다. 그리고 또 나는 본 것을 못 보았다고 말하라고 가르치지도 않는다'라고 하셨네."

"아니 그러면 대체 어찌 하라는 말씀이십니까요?"

"부처님은 이렇게 답하셨네. '본 것을 보았다고 말을 해서, 착한 것이 늘어나고 악한 것이 줄어들면, 그때는 본 것을 보았다고 말해야 될 것이다. 그러나 본 것을 보았다고 말해서 오히려 착한 것이 줄어들고 악한 것이 늘어나면 그땐 본 것을 보았다고 말해서는 아니 될 것이다'라고 하셨으니 그 뜻을 잘 새겨보시게."

"아니 스님! 저는 도무지 부처님 말씀이 무슨 말씀인지 갈피를 잡을 수가 없습니다요. 저, 그러니까 부처님께서는 참말을 하라고 하신 겁니까요, 아니면 거짓말을 하라고 하시는 겁니까요?"

고암스님은 잘 이해를 하지 못하겠다는 젊은 수좌를 바라보며 좀 더 알아듣기 쉬운 예를 들어 다시 한번 설명하기 시작했다.

"음. 자네도 옛날 얘기 중에 나뭇꾼과 선녀 얘기를 알고 계신가?"

"나뭇꾼과 선녀 얘기라면 저, 포수가 잡으러 온 사슴을 나뭇꾼이 숨겨주어 살린 그 얘기 말씀이신가요?"

"그래. 그때 그 나뭇꾼이 사슴을 숨겨주고 바른 대로 저 풀더미 속에 숨겨놓았노라 대답을 했으면 그 사슴은 어찌 되었겠는가?"

"그야, 그 사슴은 영락없이 그 포수한테 잡혀 죽었겠죠."

"허면, 그때 그 나뭇꾼이 사슴은 저기, 저 숲속으로 달아났다고 거짓말을 했는데, 그 거짓말은 잘한 일이겠는가, 잘 못한 일이겠는가?"

"그, 그야 거짓말은 거짓말인데 하기야 뭐 잘한 거짓말이죠."

고암스님은 고개를 끄덕이며 하던 말을 계속 이었다.

"부처님의 말씀도 바로 그와 같은 말씀이시네. 바른 말이라고 해도 생명을 죽이고 생명을 해치고 착한 일을 줄어들게 하면 그건 안 될 일이요, 비록 거짓말이라도 생명을 살리고 남을 돕고 착한 일을 늘리는 것이라면 그런 거짓말은 해도 좋다는 말씀이시지."

널리 알려진 나뭇꾼과 선녀 이야기를 예로 들은 고암스님의 조리있는 설명에 납득이 가는지 젊은 수좌는 비로소 머리를 끄덕이며 말했다.

"스님 말씀을 듣고 보니 이제는 무슨 말씀이신지 알 것 같사옵니다. 그러니까 살리는 거짓말은 해도 좋다 그런 말씀이시죠?"
 "출가수행자는 언제 어디서나 보살도를 지켜야 할 것이니, 언제 어디서나 살리는 편에 서야 할 것이요, 나누어주는 편에 서야 할 것이요, 이롭게 해주는 편에 서야 할 것이요, 기쁘게 해주는 편에 서야 할 것이야."
 "자비로운 법문 내려주시니 참으로 고맙습니다요, 스님."

 구도를 위한 운수행각으로 평생을 보냈기 때문일까. 고암스님은 결코 어느 한 사찰에 오랫동안 머무는 일이 없었다. 나이가 들면 경치 좋고 안정된 절 하나 정하여 편하게 노후를 보내려 하는 게 보통이었지만, 스님은 도무지 그런 것을 염두에 두지 않았다.
 그저 자신의 가르침을 원하는 수좌들이 있는 절이라면 그곳이 얼마나 먼 곳이든지 가리지 않고, 아무 미련 없이 걸망을 챙기는 것이었다. 어쩌면 그것이 청정한 출가수행자의 본디 모습이기도 하건만, 스님을 생각하는 제자들의 입장에서는 걱정이 되지 않을 수가 없었다.
 하루는 스님을 모시던 제자가 여쭈었다.
 "저, 스님."
 "왜 그러시는가?"
 "스님께서도 이젠 사찰 하나 정하시고 편히 계시는 게 좋지 않으

실런지요?"

"모르는 소리. 출가수행자는 평생을 공부해야 하거늘 어느 한 절에 오래 머물고 있으면 자연히 번잡스런 일에 휩쓸리게 되는 게야. 그러니 자네도 앞으로 중 노릇 제대로 하려면 절 맡을 생각은 하지도 마시게."

"그래도 그렇지요, 스님. 연세 많으신 노스님께서 이 절 저 절 떠돌아 다니시며 객승 노릇 하시는 것은 보기에 좋질 않던데요, 스님?"

"어허! 그 무슨 소리시든가. 부처님께서는 결코 어느 한 곳에 오랫동안 머무신 일이 없으셨네."

"하오나 지금 세상에서는……."

노스님은 어린 세사의 말허리를 단호히 잘라버리고 숙연한 표정으로 말했다.

"아무리 세월이 흘렀기로서니 부처님 당시의 출가정신은 절대로 변해서는 아니되는 법! 경치 좋은 절이라고 해서 이건 내 절이다, 시주 많이 들어오는 절이라 해서 이건 우리 문중 사찰이다, 이렇게 제 각각 절을 차지하고 들어앉아버리면 이건 결코 옳은 일이 아니지. 으흠! 거기 걸려 있는 내 걸망 좀 벗겨주시게."

"아니 스님, 이 추운 날씨에 어디 또 다녀오시게요?"

"물은 한 곳에 오래 머물면 썩기 마련이요, 수행자가 한 곳에 오래 머물면 집착에 빠지기 쉬운 법. 이번엔 전라도 금산사 쪽으로 가볼까 하네."

말을 꺼내기가 무섭게 걸망을 챙기는 스승을 보며 제자는 혀를 내두르고야 말았다. 때는 칼바람 몰아치는 동지섣달이었다. 해동이나 되면 떠나라는 간곡한 제자들의 부탁에도 스님은 허허롭게 미소 지으며 금산사를 향해 기어이 떠나는 것이었다.

참으로 고암스님은 바람 따라 물 따라 운수행각을 즐기는 분이었다. 스스로 즐기는 일이 아니라면 어찌 그리도 자유로울 수 있겠는가. 얽매임이란 자기 자신을 위하는 이기심에서 나오는 것. 진정으로 자유로운 사람만이 그 애착에서 벗어날 수 있는 것인지도 몰랐다.

금산사는 전라북도 김제군 수류면 금산리 모악산 중턱에 자리잡은 유서깊은 미륵도량이었다. 여섯 길이나 되는 까마득한 높이의 대적광전의 미륵입상이 저녁해를 정면으로 받으며 서 있었다. 이 미륵입상은 신라 시대 진표(眞表) 율사가 혜공왕 2년에 봉안한 것이라 한다.

진표 율사는 어려서부터 화살을 잘 쏘았는데, 어느 날 사냥을 나갔다가 밭두둑 위에서 쉬면서 개구리를 잡아 버들가지에 꿰어 물에 담가 놓았다고 한다. 물론 집에 가지고 가서 구워먹을 생각이었다. 그리고 나서 다시 사슴을 쫓느라 정신이 팔려 그만 이 개구리들을

잊어버리고 날이 저물자 집에 돌아가게 되었다.
 이듬해 봄에 우연히 다시 이 근처를 지나다 보니 지난해 잡은 개구리 삼십 여 마리가 버들가지에 꿰인 채로 울고 있었다. 그것을 보는 순간 어린 진표 율사는 자신의 배를 채우려다 저렇게 많은 개구리들을 일년 동안 고통 속에 지내게 한 것을 크게 뉘우치고 개구리들을 풀어준 다음 그길로 출가하였다고 한다.
 고암스님은 미륵전에 참배드리고 대적광전을 나오면서 진표 율사의 출가인연에 얽힌 일화를 생각하다가 문득 수십 년 전 화계사 주지 월해 스님이 내려주신 까만 고무신이 생각났다. 그물에서 빠져나오려 안간힘을 쓰며 팔딱거리던 물고기들이 불쌍해서 고기잡는 사내에게 내주었던 까만 고무신.
 만일 그 사건이 없었디라면 자신은 화세사 월해 스님의 총애를 받는 상좌가 되었을지도 몰랐다. 벌써 오래전에 돌아가셨을 월해스님을 생각하니 마음이 저려왔다. 집도 절도 없는 어린 소년의 처지를 헤아려주신 따뜻한 분. 월해스님을 추억하는 고암스님의 눈가에 촉촉히 이슬이 맺혔다.
 "스님, 무슨 생각을 그리 골똘히 하십니까?"
 금산사 주지 원광스님이었다. 임원광 스님은 고암스님의 제자로 얼마 전부터 이 금산사의 주지를 맡아보고 있었다.
 "음? 아닐세. 저녁해가 참 곱구먼."

"날이 춥습니다, 스님. 어서 들어가 쉬시지요."
"으음……"
원광스님은 천천히 걸어가는 고암스님의 뒷모습을 물끄러미 바라보았다. 어쩐지 허전해 뵈는 눈빛이 자꾸 마음에 걸렸다.
고암스님이 금산사에 머물고 있던 때였다. 하루는 저녁 예불이 끝나고 났을 때, 원광스님이 웬 젊은이를 스님 앞에 데리고 와서 인사를 올리게 했다. 원광스님은 그 젊은이가 고암스님께 큰절을 올리기를 기다렸다가 조용히 청하는 것이었다.
"스님께서 이 사람을 거두어주셨으면 하옵니다."
"음, 날더러 상좌를 삼으라 그런 말이신가?"
"그러하옵니다."
고암스님은 그 젊은이를 바라보며 몇 가지 질문을 던졌다.
"허면, 자넨 이 금산사에 오기 전에 어디에 있으셨던가?"
"예. 김제 문수사에 있었습니다."
"허면 그전에는?"
"예, 그전에는 옥구 상주사에 있었습니다."
"아니 그러면 절밥을 꽤 오래 먹었군 그래."
원광스님이 젊은이를 대신하여 대답하였다.
"그렇사옵니다, 스님. 이 사람은 열 세 살 적에 옥구 상주사에서 입산하였는데, 아직 스님을 정하지 못했다 하옵니다. 그러니 스님

께서……."

제자 원광의 말에 고개를 끄덕이던 고암스님은 다시 젊은이에게 말을 건넸다.

"음. 허면 중 노릇을 착실허게 잘 허시겠는가?"

"예, 스님. 허락만 해주신다면 착실한 수행자가 되겠습니다."

"뭐 그렇다면야 내 상좌 하시게."

고암스님이 시원스럽게 허락하자 원광은 기쁜 얼굴로 말했다.

"고맙습니다, 스님."

젊은이도 고개를 숙이며 나직하게 말했다.

"고맙습니다, 스님."

금산사에서 고암스님을 은사로 사미계를 받은 젊은이에게 내려진 법명은 성품 성(性) 지, 못 택(澤) 자 성택(性澤)이었다. 이 젊은이가 바로 오늘날의 서울 강서구 목동에 새로 지은 법안정사 주지 효경스님이다.

16
돌아온 부처님

 금산사에 머물러 있던 고암스님은 얼마 지나지 않아 다시 훌쩍 전라도를 떠났다. 부산 동래 범어사를 거쳐 운수행각을 즐기다가 제자 성벽과 함께 찾아간 곳은 김수로 왕릉 부근에 있는 경상남도 김해 포교당.
 돌보는 이 하나 없이 버려둔 김해 포교당에는 거센 바람만 몰아칠 뿐이었다. 사방에 먼지가 수북히 쌓여 있고 댓돌 위에 찢어진 고무신 한 짝이 제멋대로 버려져 있었다. 정말 을씨년스러운 풍경이었다.
 고암스님은 인적없는 빈 절을 휘휘 둘러보다가 혀를 끌끌 찼다.
 "허허…… 이거 포교당이라고 찬바람만 나오네그려. 어디 문이나 한번 열어보시게."

"예, 스님."
성택 수좌는 어찌나 춥던지 입을 제대로 움직일 수가 없을 지경이었다. 위아랫니가 닥닥 부딪쳤다. 성택은 언 몸을 억지로 움직여 법당 문을 열었다.
"어, 어이구 이거! 법당에 먼지가 수북이 쌓였는데요, 스님!"
"뭐, 주인없는 포교당이 됐으니 먼지밖에 더 쌓였겠는가? 자, 자, 어서 법당부터 청소를 하고 아궁이에 불을 지피도록 하세."
"예, 스님."
폐허가 되다시피한 김해 포교당을 청소할 동안 절 안팎을 여기 저기 둘러보시던 스님이 성택을 향해 소리쳤다.
"이것 보시게, 성택이!"
"예, 스님."
"둘러보니 방은 세 칸이구먼."
"그렇습니다요, 스님."
"다른 방은 비워두고 이 방 하나만 우리 둘이 함께 쓰도록 하세."
"아유! 아, 아닙니다요, 스님! 이 방은 스님께서 쓰도록 하시고 저는 저 작은 방을 쓰도록 하겠습니다요."
"아 이 사람아. 아 자네하고 나하고 둘뿐인데 방 하나면 족하지 뭐하러 방을 따로따로 쓴단 말이신가?"

"어휴! 그래도 그렇죠, 스님. 제가 감히 어떻게 스님과 한방을 쓸 수가 있겠습니까요, 스님."

"쓸데없는 걱정마시고 나하고 한방을 쓰세. 이 엄동설한에 냉방에서 잘 수는 없는 노릇이고 그렇다고 두 아궁이에 불을 땔 수도 없는 노릇이고, 땔감도 아낄 겸 한방을 쓰잔 말일세. 내 말 아시겠는가?"

"예. 알겠습니다요, 스님."

빈집처럼 버려져 있던 김해포교당에 들어간 고암스님은 제자 성택과 함께 법당도 청소하고 부서진 문도 고치고 창호지를 새로 바르는 등 분주한 하루하루를 보내었다. 며칠이 지나고 나니 포교당은 그런대로 제 모양을 갖추어갔다.

을씨년스럽기 짝이 없던 김해 포교당에 난데없는 독경소리가 들려오자 한동안 발길을 끊었던 인근의 신도들이 하나둘 얼굴을 내밀기도 했다. 워낙 없는 살림이라 고암스님은 땔감을 아끼기 위해 방 하나에만 불을 지피게 하였다. 밤이 되면 제자와 함께 잠자리에 들었고, 동이 터오면 제자와 함께 앉아 수행을 하고, 또 틈틈이 제자에게 공부를 가르쳤다.

어느 날 새벽 예불을 마치고 난 뒤, 고암스님은 제자 성택에게 공부를 가르치고 있었다. 세찬 바람에 방문이 덜컹거렸다. 스님은 책을 펼치다 말고, 바람소리에 귀기울이더니 제자 성택에게 말했다.

"음. 날씨가 어지간히 추운 모양이로구먼. 자네, 이 이불 속으로 들어오시게나."

"아, 아니옵니다, 스님. 저는 괜찮습니다."

"괜찮긴, 이 사람아. 외풍까지 심하고 무릎이 다 시려운데! 자, 어서 내 옆으로 와서 이불을 뒤집어 쓰도록 하시게."

고암스님에게 끌려오다시피 이불 속에 들어와서도 제자 성택은 송구스러워서 어쩔 줄을 몰랐다.

"아이고 이거! 스님과 한 이불을 써도 괜찮겠습니까요?"

"그런건 상관치 말고 공부나 열심히 배우도록 하시게. 이렇게 스승과 제자가 이불 한 장으로 등을 가리고 공부를 하니 이 아니 좋은 일인가?"

가난하고 또 가난했던 시절. 버려진 절 김해 포교당에서 고암스님은 헌 이불 한 장으로 제자와 함께 등을 덮고 앉아 공부를 가르쳐 주었다.

"새로 공부할 경이 수능엄경인데 이 경이 무슨 경인고 하니 말일세."

"예, 스님."

"이 경은 진과 속을 융합하였기에, 나고 죽음을 초월하여 곧바로 피안에 이르게 하는 지극히 현명한 신, 혜, 수, 증의 보전이라고 하

는 게야. 그러면 신, 혜, 수, 증이란 과연 무엇이냐 하면 …….."

그러나 새벽 3시부터 시작되는 예불을 마치고 아침공양을 든 뒤, 바로 따뜻한 아랫목에서 그것도 이불을 쓰고 앉아 있으니 공부가 제대로 될 리 있겠는가. 고암스님의 독강을 듣고 있던 제자는 어느새 졸음을 견뎌내지 못한 채 꾸벅꾸벅 졸고 있었다.

고암스님은 입가에 침까지 주르르 흘리며 졸고 있는 제자를 어이가 없는 표정으로 바라보았다. 다른 스님들 같으면 당장에 주장자가 날아올 일이었다. 그러나 언제고 감정에 이끌려 화를 내는 법이 없는 고암스님은 가만히 제자의 이름을 불렀다.

"이것보시게, 성택이."

그러나 고암스님의 공부 가르치는 소리를 자장가 삼아 달콤한 풋잠에 빠져 있는 제자 성택의 귀에 그 말이 들어올 리가 만무했다.

고암스님은 목소리를 조금 높이며 다시 제자를 불렀다.

"이것 보시게, 성택이!"

"예? 아 예에, 스님!"

화들짝 놀라 잠이 깬 제자 성택은 입가에 흘러내린 침을 닦으며 자세를 바로 하였다. 묵묵히 자신을 지켜보고 있는 스승의 얼굴을 대하자 성택은 부끄러움에 얼굴이 붉어졌다. 차라리 한 방 내리치기라도 하면 더 마음이 편할런지 몰랐다.

그러나 고암스님은 아무 일도 없었다는 듯이 입을 열었다.

"음, 내가 방금 새로 공부할 수능엄경은 어떤 경이라 하였든 고?"

"아, 예에…… 저, 현명한 경이라 하였습니다."

자신의 대답이 제가 생각해도 영 신통찮았는지 성택은 겸연쩍게 피식 웃고 말았다. 웃는 성택의 눈을 바라보던 고암스님은 진지한 얼굴로 입을 열었다.

"이 사람 성택이."

"예, 스님."

"수능엄경은 대체 어떠한 보전이라 하던고?"

성택은 귓부리를 빨갛게 붉히며 고개를 푹 수그리고는 기어들어 가는 목소리로 말했다.

"예. 저 …… 죄송하옵니다, 스님. 그만 깜빡 졸았습니다."

"이 사람, 성택이."

"예, 스님."

"나이 많은 어른이 자네 하나를 앉혀놓고 가르쳐 주는데 자네가 졸고 있다니! 이것이 과연 도리에 맞는 일이던가?"

"자, 잘못되었습니다, 스님. 용서해주십시요."

"이것 보시게, 성택이."

"예, 스님."

"세상사람들이 늘 궁리하기를 나는 과연 어떻게 하면 사업에 성

공을 할 수가 있을까, 난 과연 어떻게 하면 출세를 할 수 있을까, 난 과연 어떻게 하면 공부를 잘할 수 있을까, 틈만 나면 어리석게도 이 궁리만 하고 있단 말일세. 하지만 사업에 성공하는 비결, 출세하는 비결, 공부 잘하는 비결이 다른 데 있는 게 아니야. 사업에 성공을 하려면 사업 하나에 열중해야 하고, 출세를 하려면 하는 일 한 가지에 열중해야 하고, 공부 잘하려면 공부에 열중해야지 채소밭에 나가서는 공부 걱정하고 책을 펴놓고는 채소밭 걱정을 하면 어느 세월에 공부가 될 것이며, 어느 세월에 채소농사를 제대로 지을 것인가?"

"참으로 잘못되었습니다요, 스님. 한 번만 용서해주십시요."

제자 성택이 진정으로 참회하는 빛을 보이자 고암스님은 부드러운 목소리로 입을 열었다.

"잘못된 줄 알았으면 두번 다시 같은 잘못이 없어야 할 것이야."

"예, 스님. 명심하겠습니다."

고암스님의 이러한 교육방식은 제자 성택에게 깊은 감화를 주었다. 성택은 그 뒤로 고암스님이 지켜볼 때나 보지 않을 때나 열심히 공부하고 수행하여 바로 오늘날의 효경스님이 된 것이다.

고암스님이 제자 성택을 데리고 김해 포교당에 머물기 시작한 지 열흘도 채 되기 전이었다. 갑자기 웬 사내의 걸걸한 목소리가 이 조용하기 짝이 없는 포교당 뜨락을 뒤흔들었다.
"여보쇼! 여보쇼! 이 절에 스님 안 계십니까? 여보쇼! 여보쇼!"
"밖에 누가 오셨소이까?"
고암스님이 문을 열고 내다보니 포교당 마당에는 텁수룩한 수염의 중년 사내 하나가 서 있었다.
"이거 정말 스님이 새로 와 계셨구만요."
"아, 예. 어서 오십시오."
사내는 고암스님을 위아래로 훑어보더니 퉁명스럽게 한마디 던지는 것이었다.
"스님이 이 절 주지로 새로 오신 스님이십니까?"
고암스님은 사내의 불손한 태도에도 아랑곳하지 않고 공손히 대답하였다.
"주지로 왔다고 할 것은 없고 포교당이 비어 있다기에 부처님 시봉이나 들어드릴까 해서 와 있습죠."
그런데 스님의 대답을 들은 사내는 갑자기 핏대를 올리며 시비조로 외치는 것이었다.
"아니 그러면 스님은 이 절에 살려고 온게 아니라 오다 가다 잠시 들렀다 그런 말씀입니까?"
"예. 그런 셈입니다만 헌데 무슨 볼일이라도 있으신지요?"
사내는 답답해서 미치겠다는 듯 퉁방울 같은 눈을 굴리면서 말

했다.

"아휴! 내 이거야…… 볼일이 있는 정도가 아니구요, 스님! 뭐, 간단히 얘기합시다. 스님께서 이 절을 맡아 사실 생각이 있다면 나한테 돈부터 갚고 나서 살도록 하십시요!"

"아니, 돈부터 갚으라니! 그건 또 무슨 말씀이신지요?"

"이 절간 지붕에 얹은 기와값이며 시멘트값, 일년 육개월째 못 받고 있으니 빚부터 갚고 나서 살란 말입니다요!"

"예에?"

정말 기가 막힐 일이었다.

빈집처럼 버려져 있던 김해 포교당은 알고 보니 빚더미에 올라앉아 있었던 것이다. 포교당 지붕에 얹은 기와값이며 시멘트 값을 비롯해서 사방팔방에 빚만 잔뜩 짊어진 스님들이 빚독촉을 견디다 못해 걸망을 짊어지고 종적을 감추어버린 게 분명했다.

고암스님은 그것도 모르고 포교당을 비워둘 수 없다 하여 제자 성택을 데리고 일부러 먼길을 찾아와 이 고생을 한 것이었다.

사내는 너무나 놀라 입을 다물지 못하는 고암스님을 빤히 바라보더니 다시 한번 채근하기 시작했다.

"자, 그러니 어떻게 하시겠소? 빚부터 갚고 이 절에서 사시겠습니까? 아니면 이 절간 문서를 나한테 넘겨주고 떠나시겠습니까?"

"허허, 이것 보십시요, 거사님. 난 이 포교당 문서는 구경도 한 일이 없으니 넘겨줄 수도 없는 일······.”
 “아니, 그러면 빚은 갚지도 않고 이 절간을 차지하겠다, 그런 말입니까?”
 “아, 그야 이 포교당이 빚을 짊어졌으면 이 포교당에서 사는 사람이 갚아드려야 하지요.”
 중년사내는 코웃음을 치며 말했다.
 “호오! 갚기는 갚으시겠다? 그럼 대체 언제까지 다 갚으시겠습니까?”
 “이 포교당이 짊어진 빚이 대체 얼마나 되는지 알아본 연후에 우리 서로 의논을 해서 기한을 정하기로 하십시다.”
 고암스님이 초지일관 진솔한 태도로 성의있게 대답하자 기세등등하던 사내는 기가 한풀 꺾인 것 같았다. 사내는 미심쩍은 눈으로 스님을 쳐다보며 조심스럽게 입을 열었다.
 “저······ 그러면 스님께서 이번에 틀림없이 책임을 지고 갚아주시는 거지요?”
 조금 거칠어서 그렇지 악하지는 않은 사람이었다. 고암스님은 사내의 순진한 질문에 빙그레 미소를 지으며 고개를 끄덕였다.
 “아, 그야 여부가 있겠습니까?”
 그제야 안심을 한 사내는 신세타령을 늘어놓기 시작했다.
 “아휴! 제가 그동안 속은 게 한두 번인 줄 아십니까? 한 달만 기

한을 달라, 두 달만 말미를 달라, 아, 그래 놓고는 기한도 되기 전에 종적을 감춰버렸다 그런 말씀입니다요!"
 듣고 보니 저 가난한 사내의 속이 탈만도 한 일이었다. 고암스님은 사내를 위로하면서 다시 한번 약속하였다.
 "이번에 절대로 그런 일은 없을 것이니 이 늙은 중을 믿으시고 기다려 주십시오."
 "좋습니다. 이번 한 번 마지막으로 속는 셈치고 어디 한번 기다려 봅시다. 하지만 이번에도 또 속으면 그땐 이 절간으로 우리 식구들이 이사를 와서요, 아예 살림집으로 만들어버릴 겁니다요. 아시겠지요?"
 사내에게 철썩같이 약속은 하였지만 고암스님의 마음은 무겁기만 하였다. 게다가 김해 포교당이 진 빚은 그것 뿐만이 아니었으니 이것 참 보통 낭패가 아니었다. 가진 돈은 한푼도 없어서 그날 그날 탁발을 해다가 연명하고 있는 터에, 천지사방에서 빚을 받으러 달려드는 게 아닌가.
 제자 성택은 이 어처구니 없는 일에 애가 달았다.
 "어이구! 이것 참 큰일 났습니다요, 스님. 이 많은 빚을 무슨 수로 어느 세월에 다 갚을 수 있겠습니까요, 스님?"
 그러나 고암스님은 태연한 빛으로 오히려 이렇게 대꾸하는 것이었다.

"아, 이 사람아. 큰일은 무슨 큰일! 빚은 갚으면 되는 게지."
"아니 스님! 이 많은 빚을 스님께서 무슨 수로 갚는다고 이러십니까요, 예? 스님."
"아, 그렇다고 부처님 버리고 달아나잔 말이신가?"
"저, 해인사나 범어사나 큰절로 가셔서 편히 지내도록 하시는 게 좋겠습니다요, 스님."
그러나 고암스님은 단호하게 말했다.
"안될 소리네. 기왕지사 부처님 모신 포교당으로 지어 놓았으면 포교당 구실을 제대로 하게 해야지. 빚더미에 넘어가서 살림집이 되게 할 수야 없는 일."
"저…… 하오나 스님, 갚으라는 빚이 어디 한두푼입니까요?"
"나머지 반평생을 여기서 사는 한이 있더라도 이 포교당이 짊어진 빚은 내가 갚아주고 가야겠으니 자넨 그렇게 아시게."
고암스님은 울상을 짓는 제자 성택에게 이렇게 단단히 다짐하는 것이었다.
그날부터 스님은 부지런히 돌아다니며 탁발을 하는 한편 김해 포교당에 백일기도를 붙이시고 법회를 열어 신도들을 불러모으기 시작하였다. 도를 깨친 도인스님이 김해 포교당에 와 계신다는 소문이 날로 퍼지자 빈집처럼 버려져 있던 김해 포교당은 찾아오는 신도들로 날이 갈수록 북적대기 시작했다.

　백일기도에 참석한 불교신도들도 좁은 포교당이 미어터질 것만 같았다. 성택은 시중을 드느라 정신이 없는 가운데에도 활기가 넘쳐흐르기 시작하는 포교당 뜨락을 바라보며 흐뭇한 미소를 지었다.
　어느 사이 봄기운이 무르익어 황량하기 짝이 없던 포교당 앞뜰에는 각양각색의 꽃들이 어우러져 피어나고 있었다.
　고암스님은 사월 초파일 부처님 오신 날을 맞이하여 성대한 법회를 열었다. 법당 안에 모여 웅성대며 법문시간을 기다리던 대중들은 고암스님이 나타나자 약속이나 한 듯 일제히 입을 다물었다. 물을 끼얹은 듯 법당 안에 고요가 흘렀다.
　법상 위에 올라선 고암스님은 자애로운 미소를 지으면서 자기만을 주시하고 있는 대중들의 얼굴을 하나 하나 내려다보시고는 주장자로 법상을 세 번 내리쳤다.
　"오늘은 석가세존께서 무상대도를 깨달아 부처님이 되신 날입니다. 인간은 본래 참된 면목을 갖추고 있으나 무명과 번뇌에 쌓여 그 참됨을 보지 못하여 미망의 세계에서 윤회하고 있소이다. 세존께서는 이 무명과 번뇌를 없애고 밝고 맑은 자아의 진면목을 찾으시기 위하여 장차 약속된 왕위와 부귀, 육친의 사랑을 헌신짝처럼 버리시고 설산에 드시어 육년 고행을 닦으셨습니다. 그리하여 바로 오늘 새벽, 동쪽 하늘에 솟은 밝은 별빛을 보시는 순간, 그동안 닦은 기연이 성숙되어 일체가 유심조라는 만고불변의 진리를 크게 깨치셨습니다. 이 크게 깨치신 소식은 삼천 대천세계에 크게 퍼졌고 숭엄한 법등은 삼천 년이 지난 오늘에까지 계승되어 억만 중생의 심등을 밝히는 지혜 광명이 되었으며, 또한 미래 영겁에 이어져 중생이 다 참된 자아를 찾게 할 것이니 우리는 경건한 마음으로 이 성스러운 날을 봉축드려야 할 것이요, 부처님의 정법을 받들어 실천하여 하루 빨리 이 세상을 극락정토로 만들어야 할 것입니다."

법문을 마치신 고암스님은 다시 주장자로 법상을 세번 내리쳤다.

고암스님의 정성어린 기도와 마음을 움직이는 감로법문은 김해 불자들의 심금을 울리고도 남음이 있었다. 고암스님이 제자 성택을 데리고 와 김해 포교당에 머문 지 2년도 안되어 지난날 태산처럼 쌓여 있던 포교당 빚은 깨끗이 청산되었다.

뿐만 아니라 단청도 새롭게 하고 개금불사도 마쳐 이제 김해 포교당은 여법한 포교당의 모습을 갖추게 되었다.

그러던 어느 날 아침 일찍 고암스님은 제자 성택을 불러 앉혔다.

"여보시게, 성택이."

"예, 스님."

"오늘중으로 걸망을 챙기도록 하시게."

"어디 다녀오시게요, 스님?"

"아무래도 부산 동래 포교당으로 가야겠네."

이제 묵은 빚도 청산했겠다, 앞으로 이 김해 포교당에서 아무 걱

정없이 편히 지낼 수 있게 되었는데 다시 떠나야겠다니, 그것도 빚더미에 올라앉았다는 소문이 파다한 동래 포교당으로 떠나겠다니 젊은 제자로서는 이해가 가지 않는 일이었다.

하긴 요즘들어 부산 신도들이 너무 자주 들락거려 이상하다 싶기도 하였더니, 남의 어려운 사정을 두고보지 못하는 고암스님이 기어코 부산 신도들의 간청을 받아들이기로 결심한 모양이었다.

"어유, 스님! 동래 포교당은 빚더미에 앉아 스님이 종적을 감추었다는데 거길 왜 가시려구요, 스님?"

"자네도 듣지 않으셨는가? 날더러 그 동래 포교당에 와서 포교당을 살려달라고 간청들을 허니 내 어찌 모른 척할 수가 있겠는가?"

"스님, 이제 이 김해 포교당은 시주도 들어올 만큼 들어오는데 왜 부산 동래로 가시려고 그러십니까?"

"이 사람아, 이 김해 포교당에는 이제 어느 스님이 오시더라도 걱정없이 포교를 할 수 있으니 우리 할 도리는 다 한 셈이야. 쓰러진 동래 포교당을 살려달라고 하니 거기 가주어야지."

"아휴 참! 아, 그래도 그렇지요, 스님."

스승의 처사를 이해하지 못하겠다는 듯이 제자 성택이 투덜거리자 고암스님은 엄한 눈빛으로 입을 열었다.

"이것 보시게, 성택이."

"예, 스님."
"성택이 자네가 의사라고 하세."
"예에?"
"성택이 자네가 의사라면 아프지 않은 사람이 와달라고 하는 데로 가야 옳겠는가, 아픈 사람이 와달라고 하는 데로 가야 옳겠는가?"
"그, 그야 의사라면 아픈 사람이 부르는 데로 가는 것이 도리이겠습니다만······."
제자 성택이 시무룩한 표정으로 말끝을 흐렸다. 고암스님은 빙긋이 웃으면서 말했다.
"그걸 아셨으면 어서 걸망 챙기시게. 자네도 날 따라가야 할 것이야."
"예, 스님, 분부대로 하겠습니다요."
고암스님은 투덜대는 제자 성택을 달래서 부산 동래로 내려갔다. 그런데 동래 범어사 포교당인 법륜사에 당도해 보니 법당에는 부처님마저 없었다. 불상을 모셔야 할 자리가 먼지만 앉은 채로 텅비어 있는 것이다. 아무리 쓰러져가는 절이라 해도 이런 경우는 또 처음 보는지라 고암스님은 어이가 없었다.
"허허······아니 그래, 법당에 부처님이 모셔져 있지 아니하니 대체 이게 어찌 된 일이라든고?"

"예, 스님. 빚을 제대로 갚지 아니해서 돈 빌려 준 사람이 불상을 자기 집으로 가져가 버렸다고 하옵니다요."

"오호! 세상 참! 야단났구만 그래."

고암스님은 망연한 눈길로 하늘을 올려다보았다. 파란 하늘가에 하얀 뭉게구름 한 점이 정처없이 떠가고 있었다. 부처님까지 담보로 잡혀야 하는 참으로 야박한 세상이었다. 그러나 누구를 탓하거나 누구를 원망하겠는가.

스님은 제자 성택에게 법당 안팎을 청소하게 하여 놓고, 부처님도 없는 법당에 홀로 앉아서 지성으로 예불을 올리고 기도를 하기 시작했다.

그런데 참으로 기이한 일이 일어났다. 고암스님이 동래 포교당에 와서 기도를 드리기 시작한 지 사흘도 되기 전에 불상이 포교당으로 되돌아오게 된 것이다.

불상이 이렇게 빨리 되돌아올 줄을 꿈에도 생각지 못했던 성택은 스승이 기도하고 있는 법당 안이 쿵쿵 울리도록 달려와 기쁨에 겨워 소리쳤다.

"스님! 스님! 불상이 되돌아 왔습니다요!"

그러나 스님은 부처님께 올리는 기도를 마저 마칠 때까지 바위처럼 꿈쩍도 하지 않았다. 고요한 스님의 뒷모습에 멈칫한 성택은 온 법당 안을 쩌렁쩌렁 울렸던 제 목소리가 부끄러워 자라목이 되도록 온몸을 움츠렸다.
 잠시 후 기도를 마친 고암스님은 제자 성택에게로 천천히 고개를 돌렸다.
 "그래, 제 자리에 잘 모셨는가?"
 "예……빚 대신 불상을 가져갔던 보살이 스스로 불상을 모시고 와서 제자리에 그대로 잘 모셨습니다요."
 고암스님은 빙그레 미소지으며 제자 성택에게 말했다.
 "음. 고마우신 보살이시구먼. 그 보살에게 진 빚은 가장 먼저 갚아야 할 것이니 얼마나 되는지 잘 알아두시게."
 "예, 스님. 그렇게 하겠습니다요."

17
그러면 자네가 스승하게!

　불상이 돌아온 뒤에도 고암스님은 빚더미에 앉은 포교당을 일으켜 세우기 위해 정성을 기울여 기도를 올렸다. 스님은 또 부처님 말씀에 목이 말라 있던 부산 신도들을 위한 법회를 열고 보살계를 설하였다.
　"눈이 마주쳤을 때 계(戒)는 이미 전해졌고 받은 것입니다. 계를 전하는 사람과 계를 받는 이의 눈이 서로 마주칠 때, 그러니까 계사의 '자비로운 눈'과 수계자의 '간절한 눈'이 한마음으로 마주칠 때 계(戒)는 형성된 것입니다. 이와 같이 받은 계라야 영겁을 두고 파계함 없이 성불하게 됩니다. 오늘 이 자리에 모이신 보살님들 거사님들도 이것을 명심해야 합니다. 부처님 당시에도 부처님을 뵙고 부처님 눈과 마주칠 때 계는 받아 마쳤다고 했습니다. 10대

제자와 1천2백 대중들이 모두 이렇게 계를 받은 것입니다. 계를 내리는 형식에 미혹되서는 아니 됩니다. 그 어떤 형식보다도 마음에 바탕을 둔 이와 같은 계라야 금강석처럼 견고하여 무너지지 않는 것입니다. 계란 받는 것보다 지키는 데 그 의미가 있습니다. 어제까지 이기적인 생활을 해온 우리일지라도 오늘 이 자리에 있는 부처님 제자들은 이타행으로써 보살의 업을 닦아야 할 것입니다."

신도들의 발길이 끊어졌던 포교당, 불상마저 볼모로 잡혀갔던 부산 동래 포교당은 고암스님이 오신 뒤 또다시 활기가 살아나기 시작했으니 참으로 신비한 일이었다. 고암스님의 기도로 불상이 되돌아 왔다는 이야기는 빠른 속도로 퍼져나가 길거리의 아이들도 도인스님 이야기를 할 정도가 되었다.

이 무렵 부산 동래 포교당 법륜사로 허름한 옷을 입은 웬 건장한 청년이 고암스님을 찾아왔다. 완력깨나 씀직한 우직한 인상의 이 청년은 고암스님을 뵙자마자 절마당에 넙죽 엎드려 큰절을 올렸다.

"아니, 이런! 됐네, 됐어. 이제 그만 방으로 들어오시게."

"예, 스님."

청년은 흙묻은 바지를 툴툴 털더니 스님이 계신 방으로 조심스럽게 들어왔다.

"그래. 일부러 날 찾아 전라도에서 예까지 오셨다고 그러셨는가?"

"예. 그렇습니다, 스님."
"음······ 대체 뉘시든고?"
"예. 소생 문병술이라고 하옵니다."
"무슨 일로 나를 찾아오셨는지?"
"예. 저도 삭발출가하여 스님이 될까 해서 전라북도 금산사를 찾아갔더니 거기 계신 원광스님과 국봉스님이 말씀하시기를 부산 동래에 가서 고 자 암 자 큰스님을 찾아뵈라 하시기에 그래서 이렇게 찾아뵙게 됐습니다."
"승려는 무슨 까닭으로 되려 하시는고?"
"예. 저 도인이 되고자 해서이옵니다, 스님."
고암스님은 청년의 꾸밈없는 말에 슬며시 입가에 웃음을 머금었다.
"그래. 도인이 되려면 어찌해야 하는지 그건 아시는가?"
"예. 수도를 해야 한다고 들었습니다."
"수도를 헌다는 게 보통 어려운 일이 아닌데, 그래도 하시겠는가?"
"예. 아무리 어려워도 기어이 하겠습니다."
"그러면 어디 공양주부터 한번 해보도록 하시게."
"공양주가······ 무엇입니까, 스님?"
"부엌에 들어가서 밥 짓는 것부터 해보란 말이네. 그래도 해 보시겠는가?"
 청년은 활짝 웃으며 밥부터 지어보라는 고암스님의 제안을 순순히 받아들이는 것이었다.
 "예, 스님. 기꺼이 하겠습니다."
 이렇게 해서 부산 동래 범어사 포교당인 법륜사에서 고암스님으로부터 성각이라는 법명을 받고 상좌가 된 이 청년이 바로 훗날의 문성준 스님이었다.
 고암스님의 발길은 이 강산, 부처님의 가르침에 목말라 하는 신도가 있는 곳이라면 어디든지 닿지 않은 곳이 없었다. 스님은 특별한 경우를 제외하고는 자신을 원하는 불자들의 부름을 거절하지 않았다.
 고암스님은 동래 포교당에 머물던 때에도 수차례씩 여러 지역을 순회하며 보살계를 설하고 다녔다. 한번은 지방 순회에 나섰다가 멀리 제주 중앙 포교당에까지 가서 제주 불자들을 위한 법회를 열게 된 적이 있었다.
 지방 순회를 마치고 근 일 년만에 다시 부산 동래 포교당 법륜사로 돌아와 보니 다른 제자들은 공부하러 다 떠났고, 성각 수좌 홀로 절을 지키고 있었다.
 "음. 자네 혼자 포교당을 지키고 있었으니 기특하구먼 그래."
 "아닙니다, 스님. 저…… 그런데요, 스님?"

"왜 그러시는가."

"저, 스님께서 지어주신 제 법명이 마음에 들지 않아 성준으로 바꿨습니다요."

스승께서 지어주신 법명을 스님이 출타하고 아니 계신 동안에 제 멋대로 바꾸었다니 기가 막힐 노릇이었다. 고암스님은 어이가 없어 그만 입을 딱 벌리고 제자 성각을 바라보다가 잠시 후 입을 열었다.

"성각이라는 법명을 스스로 버리고 성준으로 바꾸었다고?"

"그렇습니다, 스님."

"그러면 자네가 스승하고 내가 제자가 되어야겠구먼 그래?"

성각 수좌는 스승의 표정을 살피다가 머리를 조아리며 말했다.

"죄송하옵니다, 스님. 하오나 스님, 저는 세속에 있을 적에 주먹을 휘두르고 살던 사람이라 모난 이름을 쓰면 옛 버릇이 나오는지라 주먹쓰는 버릇을 버리고자 고친 것이오니 그만 용서해 주십시요, 스님."

듣고 보니 이름을 바꾼 사연이 그럴 듯하였다. 스님께 한마디 상의도 없이 제 마음대로 이름을 바꾼 것은 묵인할 수 없는 노릇이지만, 주먹세계에서 놀던 사람이 마음을 잡고 착실히 수행하기 위해 혼자 고민 끝에 내린 결정이라면 충분히 납득할 만한 일이었다.

"음……참으로 그리하여 바꾸셨는가?"

"예, 스님. 정말이옵니다."

스님께 대답해 올리는 제자 성각의 얼굴에는 진심이 어려 있었다. 고암스님은 빙그레 웃으며 성각 수좌에게 말했다.

"뭐, 그렇다면 오늘부터 성준이라 부르겠네. 여보시게 성준 수좌!"

스님이 불호령이라도 내릴까 내심 걱정하고 있던 성각 수좌, 아니 성준 수좌는 감격해 마지 않으며 얼굴을 활짝 펴고 큰소리로 대답하는 것이었다.

"예, 스님! 정말 고맙습니다, 스님!"

이렇게 해서 성준 수좌로 개명하게 된 성각 스님의 출가사연은 불교정화운동에 얽힌 비화중의 비화. 훗날 여섯 비구 할복사건의 주인공이기도 했는데, 여기서는 불교정화운동에 얽힌 사연은 생략하기로 하겠다.

아무튼 고암스님은 이 무렵, 부산 동래 포교당에서 성택, 성각 등 여러 제자들과 함께 포교당의 모습을 일신시켜 나가며 여법한 포교를 하고 계셨다. 그러던 음력 정월 스무 날. 또 한 명의 청년이 고암스님을 찾아뵙고 인사를 올렸다.

"그래. 어디서 오셨다고 그러셨는고?"

"예. 전라남도 나주 다보사에서 온 행자이옵니다."

"오오…… 그 참 멀리서도 오셨네. 헌데 대체 난 어찌 알고 찾아

오셨는고?"

"예. 저……."

예쁘장하게 잘생긴 청년은 걸망 속에서 손때 묻은 낡은 책 한 권을 꺼내었다.

"다보사에서 이 책을 보다 보니 스님께서 필사하셨다고 적혀 있기에 이 금강경을 보고 스님을 찾아뵙게 되었습니다."

스님은 눈이 둥그래져서 청년에게서 건네받은 책을 들척였다.

"으음…… 그래. 바로 내가 다보사에 있었을 적에 필사했던 그 금강경이구먼 그래. 맞아! 내가 이 금강경을 다보사에 빠뜨려 놓고 왔었네그려. 허허허허……."

청년으로부터 넘겨받은 책 한 권이 고암스님으로 하여금 다보사에 있던 젊은 시절을 즐거운 마음으로 회상하게 만들었다.

한참 동안 옛기억에 젖어 미소짓던 고암스님은 다시 청년에게 말을 건넸다.

"그래. 이 금강경 필사본을 보고 나한테로 오셨더란 말이신가?"

"예. 스님 문하에서 공부하고 싶어서요."

"호오! 그래? 그렇다면 이거 이 금강경이 맺어준 인연이니 싫다 할 수도 없겠구…… 자네 소원 들어주어야지. 여기 내 밑에서 공부하도록 하시게."

"고맙습니다, 스님. 참으로 고맙습니다."

"그러면 말일세 앞으로 자네 법명은 성품 성(性) 자, 배울 학(學) 자, 성학이라고 하시게."

"예, 스님. 참으로 고맙습니다, 스님."

이때 부산 동래 포교당에서 성학이라는 법명을 받고 스님의 제자가 된 청년이 바로 훗날의 윤선효 스님이었다.

그런데 이 성학이라는 제자는 고암스님의 상좌가 된 지 일주일 만에 온다간다 말 한마디 없이 걸망만 짊어진 채 종적을 감추고 말았다. 고암스님보다 다른 제자들이 더 노발대발이었다.

"원 세상에! 아, 이런 고약한 녀석이 어디있겠습니까, 스님."

"내버려 두시게. 뭐 그럴 만한 사정이 있을 것이네."

"그래도 그렇지요, 스님! 사미계를 받은 지 열흘도 되기 전에 아니, 스님께 인사도 없이 도망을 치다니요? 이런 버릇없는 녀석은 아예 상좌 명단에서 빼버려야 합니다요."

성질 급한 제자의 말에 고암스님은 언짢은 표정으로 말했다.

"이것 보시게."

"예? 아 예, 스님."

"대체 그 아이 성학이는 내 상좌든가, 자네 상좌든가?"

"어, 그야 물론 스님의 상좌입니다마는."

"그 아이는 내 상좌지 자네들 상좌가 아니니 그 아이 문제는 더 이상 왈가왈부하지들 마시게. 내 말 알아들으셨는가?"

"아, 예, 스님. 잘 알겠습니다."

그런데 그로부터 일 년 후, 간다온다 말 한마디 없이 종적을 감추었던 제자 성학에게서 '스님께 사죄드린다'는 내용의 편지가 날라왔다. 편지가 도착한 지 며칠 후, 성학은 동래 포교당에 돌아와 스님 앞에 엎드려 참회를 올렸다.

"그래, 그동안 지리산 금대암에서 참선수행을 하고 있었다구?"

"예, 스님."

"참선수행을 했다니 장한 일이네만 임제록이나 조당집, 선문염송 같은 선서를 볼 만한 기초지식을 닦은 연후에 참선수행을 하면 더욱 더 좋은 것이야."

"예, 스님."

"내 자네가 돌아올 줄은 알았네만 이제부터 자넨 내 시봉을 늘면서 초발심 자경문도 보고, 서장, 선요, 도서 이런 것부터 배워 마치도록 하시게."

"예, 스님. 분부대로 열심히 배우겠습니다."

"그리고 성학이 자네!"

"예, 스님."

"수행자 노릇을 제대로 잘 하려면 예식 올리는 법도 잘 배워야 할 것이니, 불공 올리고 제사 지내는 예법도 착실하니 익혀두어야 할 것이야."

"예. 잘 익혀두겠습니다요, 스님."

그러나 젊은 제자 성학은 예식 올리는 법을 열심히 익혀 배우지를 아니하고, 책 읽는 데만 열중하고 있었다. 그러던 석달 후 관음제일이었다. 신도들이 한 삼백여 명 가량 모여앉아 있는 법당 안에서 고암스님이 성학을 불렀다.

"여보시게 성학이."

"예, 스님."

"그동안 예식 올리는 법을 잘 익혀두었을 것이니 자, 이 요령 자네가 잡고 오늘 예식은 자네가 진행을 하시게."

"아, 아이구 스님! 아직 외우지 못했습니다요, 스님."

"그러면 내 옆에 붙어서서 내가 외우는 대로 따라 하시게. 아시겠는가?"

"예, 스님. 그리 하겠습니다."

이날 성학은 얼마나 많은 진땀을 흘렸는지, 그동안 스님의 분부를 어기고 예식 올리는 법을 익혀두지 않은 것을 뼈아프게 참회했다.

제자마다 성격도 틀리고 제 각각 장단점이 다른 법이라, 여러 제자들을 가르치는 것이 결코 쉬운 일이 아니었다. 그러나 고암스님은 제자들을 한번도 꾸짖거나 때려서 가르치지 않았다. 몸소 실천하고 자비로운 가르침 속에서 스스로 깨달아 정진하게 하였다.

한번은 젊은 제자가 꾀병을 부리고 새벽예불에 불참한 일이 있었다. 도량석 소리에 깨어나면 하루 중 가장 분주한 것이 새벽이었다. 그 바쁜 중에도 고암스님은 제자 하나가 예불에 불참한 것을 용케 간파하고 계셨다.

잠이 많은 어린 나이에 엄격한 절생활을 하다 보면 늦게 일어나는 수도 있는 것이지만, 자신의 잘못을 솔직히 고백하지 아니하고 거짓말로 둘러대는 것은 그대로 놓아두어서는 안될 일이었다.

새벽예불이 끝난 후 고암스님은 제자가 누워 있는 승방에 찾아갔다.

스승이 방문을 열고 들어오는 것을 본 제자는 얼른 앓는 소리를 내기 시작했다.

"이것 보시게. 자네 오늘 어쩐 일로 새벽예불에 나오지 아니하셨는고?"

"아, 예. 어제 저녁부터 배가 몹시 아파서요, 스님……."

"음…… 배만 아프시던가?"

제자는 자상한 스님의 질문에 뼈가 있는 줄도 모르고 장황하게 엄살을 늘어놓기 시작했다.

"아유, 저 배도 아프고요, 저, 몸살기도 있구요……."

고암스님은 제자의 이마를 손으로 짚어보더니 미리 가져온 소금을 꺼내었다.

"그럼 어서 이 소금을 한줌 먹고 자리에 누워 땀을 쭈욱 빼도록 하시게. 자자, 여기 내가 소금을 가져왔으니 어서 먹도록 하시게. 물도 여기 가져왔네. 어서 드시게."

늦잠 좀 자려다가 생으로 소금을 먹게 된 제자는 깜짝 놀라 손을 저었다.

"아유! 아, 아닙니다요, 스님! 저 그냥 한번 견뎌보도록 하겠습니다요, 스님."

"허어…… 어른이 약을 가져왔으면 냉큼 먹을 것이지 무슨 다른 소리인고? 자 어서 이 소금을 한줌 먹으시게."

"아휴…… 예, 스님."

꾀병을 부리고 자리에 누운 채 새벽예불에 불참했던 제자는 울며 겨자먹는 격으로 별수없이 눈을 질끈 감고 소금을 한 줌 삼켜야 했다.

곁에서 이 모습을 지켜보던 다른 제자들은 웃음을 참지 못하고 킥킥거리기 시작했다.

그러나 고암스님은 그 웃음소리도 들은체 만체 예사로운 얼굴로 다른 제자들에게 두꺼운 솜이불을 꺼내오게 하였다.

"그래 그래. 이제 소금을 먹었으니 여기 자리에 누워서 두꺼운 솜이불 푹 둘러쓰고 땀을 쭈욱 빼도록 하시게. 자자, 내 이불 덮어줄테니 어서 누우시게."

"아이고! 아유, 아니옵니다요, 스님!"

"허허, 이 무슨 소리! 요새 도는 감기 몸살은 찬바람 쐬면 큰일 난다구 그러더구만. 자자, 이불 푹 뒤집어쓰고 땀을 빼도록 하시게."

스님은 괜찮다는 제자를 기어이 자리에 눕히고 두꺼운 이불을 푹 뒤집어씌워 사방을 꼭꼭 누르게 하고는 그 옆을 지키고 앉았다. 얼굴까지도 두꺼운 솜이불로 완전히 뒤덮어버렸으니 이불 속에 갇힌 젊은 제자는 그야말로 숨이 턱턱 막혀와서 아주 죽을 지경이었다.

"아이구 스님! 이 이불 좀 벗겨주십쇼!"

"어허, 그 무슨 소리! 요새 감기몸살은 찬바람 쐬면 큰일난대두 그러시는가? 한나절만 이러고 있으면 배탈도 감기몸살도 다 나을 것이야."

고암스님은 이렇게 시치미를 딱 떼고 지켜앉아 이불을 눌러주고 있었으니 당해낼 제자가 어디에 있었겠는가. 온몸을 짓누르는 솜이불 속에서 참다 못한 제자가 울먹이며 소리쳤다.

"아유, 스님! 새벽예불에 불참한 죄 한 번만 용서해 주십시요!"

"어허! 아니야, 이 사람아. 몸이 아파서 그런 건데, 용서는 무슨 ······."

제자는 마침내 이불이 다 젖도록 펑펑 울어대면서 스님께 사죄를 올리는 것이었다.

"아니옵니다, 스님! 큰 죄를 지었사오니 한 번만 용서를 해주십시오. 다시는 결코 새벽예불에 빠지는 일이 없을 것이옵니다!"

이불 속에서 울부짖는 제자를 내려다보던 고암스님은 그제야 엄한 목소리로 제자에게 되물었다.

"참으로 그리 결심을 하셨는가?"

"예, 스님. 참으로 잘못됐으니 용서해 주십시오…… 흐흐흑!"

"인생의 계획은 어릴 때에 있고, 일 년의 계획은 봄에 있으며, 하루의 계획은 새벽에 있는 것이야. 어려서 배우지 않으면 늙어서 아는 것이 없을 것이요, 봄에 밭을 갈지 않으면 가을에 거둘 것이 없을 게 아니겠는가? 하물며 출가수행자에게 있어서 이 새벽예불이란 소중한 하루의 첫 일과인데 어찌 사사로이 불참할 수 있단 말이신가. 만일 도둑이 들어 절간을 떼매고 가는 일이 있더라도 결코 새벽예불에 불참하는 일이 있어선 아니될 것이야. 다들 아시겠는가?"

처음부터 끝까지 이 상황을 지켜본 다른 제자들은 웃음기가 싹 가신 얼굴로 다 같이 입을 모아 대답했다.

"예, 스님. 명심하겠습니다."

또 고암스님은 나이 어린 제자가 버릇없이 굴면 그 버릇을 고치

는 데도 꾸중이나 호통을 사용하지 아니하시고 스님 특유의 방법을 택했다.

평소에 스님은 다른 사찰에 가서 설법을 해주고 오실 적에는 제자들을 생각해서 의례 과일과 과자를 한아름 안고 오셨다.

헌데 나이 어린 제자가 스님께 인사드리기 귀찮고 한숨이라도 더 잠을 자려고 자리에서 일어나지 않은 채 깊은 잠에 빠진 척하는 일이 있었다. 그럴 적에 스님은 일부러 큰소리로 과자 보따리를 푸는 것이었다.

"자, 여기 맛있는 과일과 과자를 많이 가져왔네!"

"야아……."

"마음놓고들 잡수시게."

"아이구! 이 많은 과일하고 떡, 그리고 과자까지 다 저희를 먹으라구요, 스님?"

"그래. 자네들 마음대로 나누어 먹도록 하시게. 헌데 성학인 벌써 잠이든 모양이구먼."

"깨우도록 할까요, 스님?"

"어, 아니야 이 사람아. 어른이 출타했다 돌아오기 전에 먼저 자는 아이는 옛날부터 먹을 몫이 없는 법이야. 자네들이나 실컷 먹도록 해. 한 톨도 남기지 말구……."

"예, 스님. 잘 알겠습니다요."

"잘들 명심해 두시게. 나간 아이 몫은 있어두 자는 아이 몫은 없는 법이야."

고암스님이 이렇게 못을 단단히 박았으니 먹을 것이 궁핍하던 그 시절에 자리에 누워 있던 그 제자는 얼마나 속이 탔겠는가.

18
속가 인연을 뛰어넘어

고암스님이 마산 성주사에 머물면서 진주와 진해를 순회하고 있을 때의 일이었다. 하루는 성주사에서 쉬고 있는데 마산으로 피난을 와 있던 속가 형님의 외손자가 스님께 인사를 드리러 왔다.

형님의 외손자이니 세속 인연으로 따지자면 스님에게도 손자뻘이 되는 청년이었다. 스님은 의젓하게 성장한 청년을 바라보며 만면에 흐뭇한 미소를 머금었다.

"허허허허……아니, 자네가 벌써 이렇게 컸더란 말이신가? 그래, 자네가 그러니까 우리 속가 형님의 외손자시라구?"

"예. 그렇사옵니다, 종조부님."

고암스님은 고개를 저으며 청년에게 일렀다.

"그렇게 날 종조부님이라고 부르지 말고 그냥 스님이라고 부르시게."
 청년은 스님이 하신 말뜻을 금방 알아 듣고는 쾌활하게 대답했다.
 "아 예. 잘 알겠습니다, 스님."
 "허허허허…… 자네 어머니가 여덟 살 적에 내가 마지막으로 보았었는데. 그 아들이 벌써 이렇게 장성을 했으니 세월 참 빠르기도 하구먼."
 고암스님은 새삼스러운 감회에 젖어들었다. 주변을 이리저리 둘러보던 청년이 문득 스님께 여쭈었다.
 "하온데 스님! 스님께서는 하시는 일이 무엇이온지요?"
 "허허허허. 아, 스님들이 하는 일은 도닦는 일이지."
 "도를 닦으시면 높은 사람이 되는 건가요?"
 "암! 도를 잘 닦으면 높은 사람이 되는 것이지. 자, 어디 이 사진 한번 보시겠는가?"
 고암스님은 때마침 앞에 놓여 있던 한 장의 사진을 청년에게 내밀었다. 바로 태국의 왕이 스님들께 공양을 올리는 장면의 사진이었다. 신기하다는 표정으로 한참 동안 사진을 들여다보고 있던 청년의 시선이 태국의 왕에게서 멈춰 있었다. 청년은 고개를 갸웃하면서 스님께 물었다.
 "스님들 앞에 무릎을 꿇고 앉아 있는 이 사람은 누구지요, 스

님?"

"음. 잘 보시게. 이 분이 바로 태국의 왕이시네. 스님들 앞에서 무릎을 꿇고 합장을 한 채 스님들께 음식을 올리고 있지?"

"아유! 그럼, 스님이 왕보다도 더 높은 사람이란 말씀이십니까?"

"아무렴 더 높다마다!"

"제가 알기로는 군수나 경찰서장이 가장 높은 사람인 줄 알았는데요?"

청년의 때문지 않은 말에 스님은 슬며시 미소를 지었다. 사실 시골에 파묻혀 사는 사람들에게야 군수나 경찰서장 이상 가는 높은 사람은 상상조차 하기 어려운 일일 터였다.

"자네 고향 파주에서는 그런 줄 알았더라 그런 말이지?"

"예. 그런데 저 스님! 아무나 이런 스님이 될 수 있는 건가요?"

"음. 누구나 입산 출가해서 공부를 열심히 허고, 도를 잘 닦으면 이런 훌륭한 스님이 될 수 있으시다네."

"아, 네에."

스님은 얇다란 책 한 권을 꺼내어 청년에게 건네주었다. 일반 신도들을 위해 육바라밀을 아주 쉽게 해설한 '구호선 여섯척'이라는 포교용 책자였다.

"기왕에 나한테 왔으니 자, 이 책 한 권 줄 것이니 가지고 가서 잘 읽어보시고 염불 열심히 외우도록 하시게."

"염불이라면, 나무아미타불. 이렇게요?"

"그래, 그렇지! 허나 자세히 알고 보면 염불이란 건 그렇게 간단한 것이 아니네. 입으로 부처님의 명호를 부르는 염불이 있는가 하면, 고요히 앉아 부처님의 형상을 머릿속에 그려보는 염불도 있고 말씀이야. 염불하는 방법도 단계마다 속도를 조절해서 급하게도 외고 느리게도 외고, 정성을 다해 오래도록 수양을 쌓으면 한숨에 백 팔 번 이상을 외울 수도 있게 되는 게야."

"예에? 단번에 백팔 번 이상을요?"

"허허허. 그렇다네. 하지만 보통 사람들이 처음부터 그렇게 빨리 외우려고 애쓸 필요는 없는 게야. 그저 마음을 다해 배고픈 아이가 어머니를 찾듯이 그렇게 외우면 수양도 되고 소원도 이루어진다네."

외손주뻘 되는 이 청년 앞에서 염불외는 법을 이야기하던 고암스님은 어느새 수십 년 전 땔나무를 해다 팔아먹고 살던 시절에 도봉산에서 만났던 그 이름 모를 노스님의 얼굴을 어렴풋이 떠올리고 있었다. 그 노스님과의 인연이 아니었더라면 지금의 고암이 있었겠는가. 고암스님의 얼굴에 알지 못할 그리움의 빛이 희미하게 어리고 있었다.

외종조부뻘 되는 노스님께 책을 선물받은 청년은 일단 고향인

 경기도 파주로 돌아가긴 했으나 결국 그 이듬해 2월 초여드렛날에 집을 뛰쳐나오고 말았다. 고암스님과의 단 한번의 만남이 그의 행로를 바꿔놓은 것이었다.
 청년은 진해 묘법사를 거쳐 결국은 외종조부이신 고암스님의 상좌가 됐다.
 "여보게 자네 법명은 날 일(日)자 터럭 호(毫)자 일호라고 하시게."
 "예, 스님. 하, 하온데 스님."
 고암스님께 일호라는 법명을 받은 청년은 무슨 할말이 있는지 무슨 말을 할 듯 말 듯 스님 앞에서 쭈뼛쭈뼛거리고 있었다.
 "아니, 왜 그러시는가?"
 "저, 저는 속가의 촌수루 따지자면 손자뻘이 되옵니다."
 "그야 뭐 그렇네만."
 "하온데 스님께서는 손자뻘인 제게 존대말을 하시오니 송구스러워서 몸둘 바를 모르겠사옵니다, 스님."
 "속가 인연은 속가 인연으로 끝났거니와 이젠 불가에 들어왔으니 사찰 법도에 따르면 되는 법. 그런 것 염려하지 말고 공부나 열심히 하시게."
 "하오나 너무 송구스러워서요, 스님."
 하긴 세속 인연으로 따지자면 할아버지가 손자뻘이 되는 이에게

깍듯하게 대하는 셈이니, 아직 사찰법도에 익숙치 않은 이 청년으로서는 송구스러운 일이기도 할 것이었다. 그러나 사찰의 예법이란 세속 인연을 초월하는 법.
 고암스님은 청년의 말을 묵살하고 엄하게 분부하였다.
 "일호 자네는 해인사 강원으로 가서 공부를 해야 할 것이니 그리 알고 떠날 채비를 하도록 허시게."
 "예, 스님. 분부대로 하겠사옵니다."
 이렇게 고암스님과의 특별한 인연으로 제자가 된 일호는 피나는 수행을 거쳐 훗날 많은 신도들의 존경을 받는 스님이 되었고, 지금은 대중들에게 부산 보타원 주지 보광스님으로 더 알려져 있다.

 고암스님은 어렸을 적부터 두 벌 이상의 옷을 가져본 일이 없었다. 신도들이 간혹 좋은 옷을 선물하면 빙긋이 웃으며 고개를 젓는 것이었다.
 "보살님의 따스한 정성은 이미 받은 것이나 진배없으니, 이 옷은 도로 넣어두셨다가 다른 스님께 드리도록 하시지요."
 "아유, 스님. 스님께서 입고 계신 옷을 좀 보세요. 너무 기워서 이제는 바늘 들어갈 자리도 없질 않습니까요, 스님."
 "보살님. 제 말씀도 좀 들어보세요? 도 닦는 스님들을 왜 납자(衲子)라 하는지 아십니까? 바로 그 스님들이 입는 옷, 납의(衲

衣)에서 유래된 말이지요. 납의란 바로 세상사람들이 입다가 내다 버린 옷들을 모아서 그 낡은 헝겊을 누덕누덕 기워 만든 옷이란 뜻입니다. 세속의 모든 욕심을 버리고 도를 닦는 승려가 누더기로 몸을 가리면 그만이지, 더 무엇을 바라겠습니까?"

"그래도 그렇지요! 큰스님 연세도 있으신데……."

"보살님, 부처님께서는 성불하신 뒤 열반에 드시기까지의 45년 동안, 일생을 다 떨어진 옷 한 벌만을 걸치고 맨발로 다니셨습니다. 마을에 흉년이 들어 마을 사람들이 기근에 허덕이면 그 분도 함께 굶주렸고, 마을 사람들이 말먹이로 허기를 달래면 부처님 당신도 함께 말먹이를 드셨다고 합니다. 하물며 이 늙은 중이 나이가 조금 많다 해서 좋은 옷, 좋은 음식으로 호의호식한다면, 어찌 부처님의 가르침을 전하는 납자의 본분을 다한다 할 수 있겠습니까?"

고암스님이 이렇게 간곡히 사양하는 데야 신도들이 더 이상 권할 수는 없는 노릇이었다. 오히려 신도들은 이런 계기를 통해 고암스님에 대한 존경심을 한층 높이게 되었다.

아무리 낡은 옷이라도 두 벌만 있으면 더 이상 바랄 것이 없었다는 고암스님. 그러나 헤질 대로 헤진 옷일망정 고암스님은 늘 깨끗한 물을 길어다 정성껏 빨아 입었다. 문하에 기라성 같은 제자를 두시고도 언제나 손수 빨래를 해입었던 것이다.

한번은 이런 일이 있었다.

매서운 바람이 불던 어느 해 겨울, 해인사 용탑선원에서 스님의 상좌가 된 정원스님은 도량석 소리에 깨어나 샘으로 나갔다. 그런데 샘가에서 무슨 희끗희끗한 것이 움직이는데 어린 마음에 귀신은 아닌가 싶어 버럭 무서운 마음이 들었다.

스님들이 일어나는 시간은 새벽 3시경이니, 해 짧은 겨울날에는 완전히 한밤중이라 사방이 분간이 안되게 깜깜하였다. 두려운 마음을 누르고 살금살금 다가가는데 가까이서 보니 웬 스님이 빨래를 하고 있는 것이다.

'에이, 난 또 깜짝 놀랐네! 아니 그런데 도대체 누구길래 이렇게 일찍 일어나 빨래를 하지? 부지런도 하다.'

속으로 이렇게 중얼거리며 예사롭게 에헴, 하고 인기척을 내며 걸어갔는데 빨래하던 스님이 고개를 돌렸다. 놀랍게도 그 스님은 바로 고암스님이었다.

"앗! 스, 스님! 아니, 스님께서 손수 빨래를 하시다니 이거 어쩐 일이십니까요, 예? 스님!"

"허허허. 정원이 자네로구먼. 그런데 무얼 그리 놀라시나."

"아유! 스님! 이러시면 아니되옵니다. 이 빨래, 제게 맡기고 어서 들어가십시요! 아, 어서요!"

"아니, 이 사람! 이거 놓아!"

 깜짝 놀란 정원스님이 안 내주려는 빨개감을 억지로 잡아당기자 고암스님은 빨래감을 가슴에 안은 채 이리 빙글 저리 빙글 몇 번이나 등을 돌리더니, 정원스님이 발을 동동 구르며 계속 빼앗으려고 하자 그만 빨랫감을 안은 채 방 안으로 들어가버리는 것이었다.
 고암스님은 아버지 같은 권위보다는 오히려 자애스런 모성애를 갖고 계신 분이었다. 스님은 남들이 갖지 못한 친화력으로 많은 사람들을 자신의 영토로 끌어들였다. 그 영토에 들어서면 봄날과도 같은 따뜻한 햇볕이 있었고, 훈훈한 바람이 일었다.
 고암스님은 특유의 겸손함으로 언제 어디서나 누구에게나 단 한 번도 예사로이 반말을 쓰지 않았다. 스님은 권위보다는 자애를, 난해한 법어보다는 잔잔한 물결 같은 인간의 원음으로 사람의 마음을 저절로 움직이게 한 분이었다.
 이렇듯 겨울날의 온돌방과 같이 따뜻한 애정을 받고 성장한 제자들은 훗날 스님이 입적하신 후에도 그 자애와 어린아이처럼 천진스런 미소를 그리워하였다. 스님의 제자 효경스님은 고암스님을 이렇게 회상하고 있다.
 "우리 스님, 고암스님은 무엇이든 나누어 주기를 좋아하셨지요. 손때 묻으신 염주까지도 제 손에 쥐어주신 분이니까요. 출가수행자가 어떻게 살아가야 하는가를 몸소 보여주신 분이 바로 우리 스님이시지요."

스님의 또 다른 제자 선효스님은 또 이렇게 말한다.

"우리 스님, 고암스님은 말 그대로 자비보살이십니다. 이 세상에 태어나서 우리 스님을 은사로 모셨다는 것을 더할 수 없는 큰 행복으로 여기고 있습니다."

칠정 수좌로 잘 알려진 고암스님의 제자 석천스님이 강원도 인제군에 백련사라는 토굴을 지어놓고 있을 때였다.

석천스님은 하도 절살림이 어려워 어느 날 노스님께 보살계를 한번 설해주십사 간청하는 글월을 올렸다. 부끄러움을 무릅쓰고 편지는 올렸으나 사실상 고암스님이 노구에 험하디 험한 그 강원도 골짜기까지 오시리라고는 기대도 하지 않았다.

그런데 제자의 눈물 어린 편지를 받은 고암스님은 모든 것을 떨치고 홀홀단신 시외버스를 타고 그 멀고 먼 강원도 인제땅까지 직접 온 것이었다. 기별을 받고 마중을 나간 석천스님은 시외버스에서 내리는 노스님에게 달려가면서 비오듯 눈물을 흘렸다.

고암스님이 직접 오셔서 보살계를 설하신다는 소문이 퍼지자 인제땅 그 외진 산골에서 2천 명이 넘는 사람들이 모여들었다. 참으로 고암스님은 불가사의한 법력을 몰고 다니는 분이었다.

고암스님의 법문을 들으러 온 신도들로 백련사 법당 안은 그야말로 발디딜 틈하나 없이 꽉 찼다. 제자 석천은 차오르는 감동으로 가슴이 뻐근해질 지경이었다. 정신없이 신도들을 안내하면서도 가

끔씩 고암스님이 계신 법당쪽을 우러르며 감사의 눈길을 은밀하게 보내고 있었다.

"…… 석가모니 부처님께서는 세속의 부귀영화, 권력 모두를 마다하시고 출사문이 되시어 고행을 하셨습니다. 고행을 거듭하시던 부처님께서는 어느 날 고행만이 능사가 아님을 아시고 보리수 아래에서 삼매에 드시어 홀연 깨달음을 얻게 되었어요. 그러나 정각(正覺)의 기쁨은 잠깐뿐이요, 고통의 바다에서 아우성치며 헤엄치는 중생들을 생각하니 불쌍하고 안타깝기 그지없었지요. 왜냐하면 부처나 중생이 본래는 모두 똑같은 본성을 지니고 있는데 우매한 중생들은 그것을 아무리 깨우쳐주어도 알지 못했어요. 그래서 우리 석가모니 부처님께서 내리신 것이 바로 이 열 가지의 중대한 계율, 즉 중생들로 하여금 이것만은 꼭 지기라는 뜻에서 십종대계(十種大戒)를 내리신 것입니다. 이 십종대계는 어려울 것이 없어요. 세속에서 부모에게 효도해라, 어른을 공경해라 하는 것과 다를 게 하나도 없는 것이지요. 불교에서는 이 십(十)이라는 숫자를 아주 신성시 여기는 데 그것은 합장과 같은 뜻입니다. 우리의 손가락은 모두 열 개지요? 합장을 하는 것은 이 열 손가락을 꼭 맞추는 것인데 이는 모두 다 원만하다는 뜻을 나타내는 것입니다. 불교용어 중에 십발취, 십장향, 십주 십행 등 십 자를 많이 쓰는 이유도 다 여기서 연유하는 것입니다. 아무튼 이 십종대계는 수도승들에게는 구법

(求法)의 행로라고 하겠고, 여러 신도님들께는 돈독한 신심을 키우는 등불이 되겠습니다. 그러면 이 십종대계란 어떤 것인가, 이제 하나 하나 설명해 보겠습니다……."
 그럼 가장 기초가 되는 십종대계의 본체는 무엇인가?
 첫째는 불상생하고 자비를 행하라는 것이다. 사람이거나 동물이거나 하물며 곤충이나 뭐든지 살아 있는 것은 죽여선 안된다는 것이다. 또 혹 죽어가는 것이 있으면 그것을 살려보려고 애쓰면서 자비를 행하라 하는 것이다.
 둘째는 불투도하고 복덕을 쌓으라 하였다. 내것이 아닌 남의 것을, 더구나 주지 않는 것을 몰래 훔쳐서는 안된다는 것이다. 오히려 내것을 먼저 필요한 이에게 주면서 복과 덕을 지으려 애써야 한다는 것이다.
 셋째는 불사음하고 청정하라 하였다. 이 말씀은 저 같은 수도승에게나 재가신도 모두에게 해당되는데 즉 독신으로 살거나 부부관계로 살거나 간에 정조를 지키라는 말씀이다. 삿된 음행을 해서는 안된다는 말씀이다.
 이렇게 세가지는 몸(身)을 경계토록 하신 내용이다.
 다음 넷째로는 불망어하고 진실행을 하라 하였다. 나쁜 말, 거짓말을 하지 말고 바른 말, 부드러운 말, 듣기 좋은 말을 하라 하였고, 진실된 행동을 하라고 한 것이다. 우리 속담에도 말 한마디로

천냥 빚도 갚는다 했다. 말 한마디로 복을 지을 수도 있고 반대로 아주 못된 악을 지을 수도 있음에 유의해야 한다.

다섯째는 불고주하고 불음주하며 지혜행을 하라. 술은 팔지도 말고 먹지도 말며 지혜로운 행동을 취하라 하였다.

이 때는 술 뿐만이 아니다. 못된 음식, 즉 나쁜 약이나 독한 음식 등도 경계하라 하였다. 그런 것들은 우리의 정신을 현혹한다.

여섯째는 사부대중의 과실을 말하지 말고 화합하라 하였다. 부처님처럼 완전한 인격을 갖추기 전에는 중생들끼리는 서로 안 맞을 수도 있는 일이다. 그때 남을 비방하고 허물을 말하지 말고 서로 화합하라 하신 것이다.

일곱째는 항상 겸양하라 하였다. 자신을 자랑하지 말고 겸손히 행하라는 말씀이다. 반성을 더욱 열심히 하고, 혹 이웃이 잘못되면 기꺼이 충고해 잘 할 수 있도록 도와주어야 한다.

이 네 가지는 입으로 짓는 일들이다. 때문에 항상 유념해서 지켜 가야 한다.

여덟째는 불간탐심하고 항상 보시하라 했다. 남의 것을 탐내지 말고, 내것을 형편대로 널리 보시하라는 것이다.

절에 와서 보시하라는 것이 아니라, 내 이웃, 사회의 불우한 이들을 위해 형편껏, 물질이 없다면 부처님 법을 알려주는 것도 보시이다.

아홉째는 불진애심하고 선행 화해하라 하였다. 곧 탐, 진, 치를 말씀하신 것이다. 특히 화내는 일은 언제나 경계해야 한다. 이 성내는 것은 보살이라 할지라도 얼결에 저지를 수 있는 일이니만큼 끊기도 가장 어려운 일이라고 부처님께서도 말씀하셨다.

그런데 실제로 성내는 일 때문에 싸움이 나고 국가간에는 전쟁이 발생하기도 한다. 참 별것 아닌데 뿌리까지 뽑아내기가 여간 쉽지 않다. 그래서 성내는 일은 평생을 두고 주의해야 한다.

마지막으로 열번째는 삼보(三寶)를 비방하지 말고 부처님을 봉행하라 하였다.

삼귀의 할 때 부처님과 불법에 또 스님께 귀의한다 함은 일체 부처님, 일체 가르침, 일체 스님께 귀의한다 하는 것이다.

특히 스님들께 귀의한다는 것은 현재의 스님들만이 아니라 먼 옛날의 선사님, 조사님과 보살님들께 경배드리는 것을 말함이다.

스님은 은은한 미소를 지으며 정성을 다해 보살계를 설하였다. 보살계를 받은 증서인 계첩까지 손수 준비해 가지고 온 스님은 계를 받은 신도들에게 하나씩 나누어주었다. 가난하기 짝이 없던 제자의 토굴을 살려준 셈이었다.

감복한 석천스님이 고암스님에게 말했다.

"스님, 정말 감사합니다, 스님!"

"무슨 말씀! 나는 자네가 큰 절에서 감투 쓰기나 바라는 그런 사

람이 아니라, 이렇게 험하고 외진 고장에서 가난한 농촌 신도들에게 부처님 좋은 말씀을 전해주기 위해 이 어려운 절살림을 꾸려나가는 것을 보니 너무나 자랑스럽네! 오히려 내가 감사허이."

"스님."

"이 늙은 중, 소용될 일이 있으면 언제라도 주저말고 부르시게. 내 기쁘게 달려오겠네."

"고맙습니다, 스님. 정말 고맙습니다."

스님이 인제를 떠나던 날 아침, 스승께서 아침공양을 드시는 사이에 석천스님은 노잣돈을 넣은 봉투를 스님의 걸망에다 몰래 찔러 넣었다. 직접 드린다고 해서 받을 스님도 아니었기 때문이었다.

그런데 고암스님을 버스정류장까지 모셔다 드리고 돌아온 석천스님은 부처님 탁자 위에 웬 봉투가 놓여 있는 것을 발견하였다. 아침에 스님의 걸망 속에 집어넣은 바로 그 봉투였다.

석천스님은 떨리는 손으로 그 봉투를 집어들었다.

노스님이 도로 내놓고 가신 봉투에는 스님의 친필로 이렇게 씌어 있었다.

'이 늙은 중 걱정말고 절살림에 보태시게.'

자비보살과도 같은 노스님의 마음에 감동한 석천스님은 가슴속에서 치미는 뜨거운 것을 억제하지 못하고 부처님 탁자 위에 엎드려 목을 놓아 울고 말았다.

19
자비가 무한하시니
온 세상을 덮으셨네

고암스님은 제3대 종정에 이어 1972년 7월 24일에는 제4대 종정, 그리고 다시 1978년 5월 6일에는 제6대 종정으로 연거퍼 세 번이나 종정으로 추대되는 영광을 누렸다. 다른 수행자들이 일생에 한 번 오를까 말까한 자리를 세 번이나 오르게 된 것이다.

그러나 고암스님 자신은 조금도 이 자리에 연연해 하지 않았다.

당시 총무원장 배송원 스님은 종정스님을 위해서 큰 절 한 곳을 종정 사찰로 마련해 드리려고 한 적이 있었다. 이 사실을 안 고암스님은 조용히 배송원 스님을 불러 앉혔다.

"여보시게, 송원스님."

"예, 스님."

"종정인 나를 위해서 큰절 하나를 비워준다는 소리가 들리는데 그런 일 아예 마시게."
"그래도 그렇지요, 스님. 종정 스님을 위해서 본사 하나는 마련해 드리는 게 도리일 줄 아옵니다."
"글쎄 그런 일 아예 생각지도 마시게. 큰 절이건 작은 절이건 그걸 나나 내 상좌들이 맡으면 이건 공연한 시빗거리를 만드는 일이니 그런 일은 결코 해서는 아니 될 것이야. 내 말 명심하시게."
"하오나 스님!"
"그리고 송원스님도……."
"예, 스님."
"자네도 총무원장 감투 어서 벗어버리시고 공부나 하시게. 내 말 아시겠는가?"

고암스님이 설악산 신흥사 조실로 계시던 1965년 여름에 출가득도하여 큰 대(大) 자, 둥글 원(圓) 자 대원이라 하는 법명을 받고 스님의 상좌가 된 기대원 스님이라는 분이 있었다. 대원스님은 은사이신 고암스님께서 종정을 지내는 동안 종정 사서실에 봉직하면서 스님을 모시기도 하였다.

그러다가 기대원 스님은 출가한 지 십 년만인 1975년 6월 18일, 미국 하와이 대학 그랜드 페이지 교수의 초청을 받아 하와이로 떠나게 되었다.

"스님. 저 오늘 하와이로 떠나게 되어 하직인사 올리옵니다."

"그래, 대원이 자네가 미국 땅 하와이로 건너간다구?"

"예, 스님. 다시 뵈올 때까지 편안히 잘 계십시오, 스님."

"미국에 가서 살더라도 수행 게을리하지 마시고, 출가 승려의 본분을 잊지 말아야 하네."

"예, 스님."

"스님! 제가 미국에 건너가는 것은 행정학 공부를 더 해야겠다는 것도 물론 있지만, 더 중요하게 생각하는 것은 바로 미국땅에 한국불교를 널리 전해야겠다는 점입니다. 그런데 만약 제가 미국 하와이에 절을 마련하게 되면 절 이름을 뭐라고 지어야 좋을지요, 스님?"

"아, 그거야 이 사람아, 내가 지어준 자네의 법명, 큰 대(大) 자 둥글 원(圓)자 대원이라는 이름 그대로가 좋지 않으신가? 절 이름도 자네 이름 그대로 대원사로 하시게."

"예, 스님. 하오면 하와이에 세울 절 이름은 스님의 분부대로 대원사로 하겠습니다."

"그래 그래. 그렇게 하시게."

하와이로 유학길을 떠난 제자 기대원 스님은 하와이에 당도하자마자 곧 셋집을 얻어 한국 사찰 대원사를 개설하고 재미교포를 대상으로 한 포교에 착수하였다. 그리고 1978년 1월 부처님의 성도절을 맞이해서 은사이신 고암스님을 하와이로 초빙하였다. 고암스님은 멀고 먼 미국땅 하와이까지 가서 보살계를 설하게 된 것이다.

　미국 하와이 호놀룰루 사우스 킹 스트리트에 마련된 법당에서 하와이 교포 불자들을 위해 보살계를 설하신 고암스님은 제자 대원의 눈부신 활약에 기쁨을 감추지 못하였다.

　그러나 한편으로 머나먼 타국에서 한국불교를 전파하기 위해 고군분투하였을 제자의 모습이 눈앞에 그려지는 것 같아 눈시울이 뜨거워지는 것이었다.

　고암스님은 하와이를 떠나 귀국하기 전날 숙소를 찾아온 대원스님과 마주하였다. 스님을 떠나보내는 제자 대원의 얼굴에는 아쉬움의 빛이 가득하였다.

　"이것 보시게, 대원이."

　"예, 스님."

　"이 늙은 중이 미국땅에 와서 보살계를 설하다니 참으로 감개가 무량하구먼."

　"노구에 이역만리 하와이까지 오시게 해서 죄송스럽습니다, 스님."

　그러나 고암스님은 고개를 저으며 제자의 손을 어루만졌다.

　"아니야, 아니야. 덕택에 하와이 구경을 다 하고, 이 이역만리 우리 동포들에게도 부처님 말씀을 전하게 됐으니 고맙기 그지없네. 대원이 자네가 정말 자랑스러우이."

"스님……."

스승의 주름진 손을 내려다보고 있던 대원스님의 눈에 어느덧 이슬이 맺히고 있었다.

하와이 대원사 보살계를 마친 고암스님은 미국으로 건너가 로스앤젤레스의 관음사, 샌프란시스코의 삼보사에서 보살계를 설하였다. 그리고 마지막 일정으로 미국에 함께 갔었던 성진스님, 조계종 사회과장 김 철, 일반 신도 두 명과 함께 인도 성지순례를 마치고 귀국하였다.

그후에도 스님은 하와이 대원사의 기대원 스님이 하와이에 이천 오백 평의 사찰 부지를 구입하여 한국 건축 양식의 대가람 대원사를 신축하게 되자 1979년 다시 하와이로 가서 일 년이 넘게 콘크리트 가건물에 머무르면서 교포들에게 가르침을 널리 전하였다.

이때 고암스님은 동행한 불교신도회 라기만 이사와 한 방을 쓰고 있었다. 그런데 스님은 새벽 일찍 제자들보다 먼저 일어나 아침밥을 손수 지어놓은 것이었다. 나귀만 이사는 당황해서 어쩔 줄 모르며 스님께 사정하였다.

"아이고 큰스님! 이러시면 이거, 저희들이 죄송스러워서 감히 어떻게 공양을 들 수가 있겠사옵니까? 공양은 저희들이 지어올릴 테니 제발 편히 쉬시도록 하십시오."

그러나 그럴 때마다 고암스님은 잔잔하게 웃으며 말했다.

"아니 그 무슨 말씀이시요, 나 거사님. 이 늙은 중, 아침공양이라도 내 손으로 지어야 밥값을 하지요."
"아유 참, 큰스님도! 이러시면 정말 아니 되십니다! 앞으로 공양주는 제가 할테니 제발 새벽에 밥을 해놓지 마십시오, 스님."
"이것 보시오, 나 거사님."
"예, 스님."
"내가 미국에 와서 보니 대원이가 혼자서 너무너무 고생을 많이 하고 있어요. 스승이랍시고 아무것도 도와주지 못하는 이 늙은 중, 제자 보기가 안쓰럽고 미안해서, 그래 내가 공양주라도 해야 마음이 편하겠다 이렇게 마음먹었으니 그점 그리 아시고 괘념치 마시오, 거사님."
"아니 되십니다, 큰스님. 이러시면 아니 되십니다. 아무리 그래도 글쎄 세상에 종정을 세 번이나 지내신 큰스님이 공양주를 하시다니요! 남들이 알면 웃습니다. 스님, 제 얼굴을 생각해서라도 제발 새벽밥일랑 저에게 맡겨주십시오!"
보다못한 제자 대원스님도 노스님께 매달려 간청했다.
"스님, 이역만리 하와이까지 와주신 것만 해도 저로서는 송구스럽기 그지없사옵니다. 하온데 스님께서 이렇게 공양주 노릇까지 하옵시면 절 더러 대체 감히 어찌 고개를 들고 살라고 이러시옵니까요, 스님?"

　고암스님은 그윽한 눈길을 들어 애원하는 제자의 얼굴을 한참 동안 바라보더니 조용한 어조로 이렇게 말하는 것이었다.
　"이것 보시게, 대원이. 이역만리 낯선 땅에서 우리 절 대원사를 짓느라고 밤낮없이 고생하는 자네 모습을 내 눈으로 보니 내 마음이 실로 무겁네. 그 숱한 곤경, 그 많은 역경 그것들을 다 참아내고 견뎌내다니. 내 승려생활 칠십 년에 자네 같은 사람은 처음이야. 정말 고맙고 대견스럽네, 대원이!"
　열 사람, 백 사람의 칭찬보다 스승의 부드러운 한마디가 더할 수 없이 대원스님의 마음을 감동시켰다. 그 한마디는 지난 수년 동안의 말로 표현할 수 없는 곤경과 이국땅에서의 설움을 일거에 몰아내었다.
　대원스님은 가슴이 벅차올라 뭐라고 말할 수가 없었다. 물밀듯이 올라오는 뜨거운 감정에 눈물이 복받쳤다.
　"스님, 스님……"
　고암스님은 흐느끼는 제자의 어깨를 그러안고 말없이 도닥거려 주고 있었다.
　고암스님은 끝끝내 공양주 소임을 넘기지 않고 아침밥을 손수 지어놓았다. 다음날도 그 다음날도 마찬가지였다. 마침내 이 이야기를 전해들은 재미교포 신도들은 고암스님을 일컬어 말 그대로 천진무애 보살이요, 자비보살의 화신이라고 두고두고 칭송하였다.

고암스님은 자신의 문하에서 수행을 해온 수많은 제자들에게 언제나 주지자리 넘보지 말것과 감투쓰지 말것을 단단히 이르셨다. 그리고 포교를 위해 주지를 하려거든 그전에 있던 절을 차지할 생각 말고 새로운 절을 세우라고 당부하였다.

스승의 뜻을 받들어 제자 효경은 서울 목동에 법안정사를 새로 세워 포교를 나섰고, 보광은 부산에 보타원을 세워 포교를 하고 있으며, 선효는 부산에 구룡사를, 대원은 미국 하와이에 대원사를 새로 세워 낯선 이국땅에서 한국 불교를 심어나가고 있다.

특이한 것은 이들 제자들이 새로운 사찰을 세울 때마다 고암스님은 손수 절이름을 지어주었다는 점이다. 또한 고암스님은 제자들이 세운 새로운 포교당을 쉬임없이 순회하시면서 보살계를 설하시고 설법을 해주었다.

어디 그뿐인가. 고암스님은 약간의 돈만 생기면 책과 염주를 사서 찾아오는 신도와 제자들에게 골고루 나누어 주었다.

종단 총무원장을 지낸 배송원 스님은 관악산 연주암에서 고암스님을 만났을 때 이렇게 여쭈었다.

"스님, 스님께선 돈도 좀 아껴두었다가 모아두시지 않으시고 어찌 이리 다 나누어만 주십니까요?"

"이 사람, 송원이."

"예, 스님."

스님은 먼 옛날을 회상하는 듯한 고즈넉한 눈초리로 이야기를 시작하였다.

"내가 젊었을 때였네. 그때 해인사에서 수행을 하다가 묘향산으로 가는 길이었네. 임진강 나루터에 당도해서 나룻배를 타려니 배삯이 십전이라더구만. 가지고 있던 돈이 오전밖에 없어 뱃사공한테 오전에 태워달라고 사정을 해도 안된다는 게야. 그래서 우두커니 서서 먼산만 바라보고 서 있는데, 아기를 업고 있던 젊은 새댁이 옷고름을 풀르헤치더니 모자라는 배삯 오전을 보태주는 게야. 난 그때 너무 고맙고 부끄럽고 미안해서 그 새댁 얼굴도 제대로 쳐다보지 못했네. 고맙습니다 하고 인사 한마디도 제대로 못했지. 어느 마을에 사는 어느 댁네인지도 물어보지 못했어. 그후로 그게 늘 마음에 걸려. 그래, 그 후로는 돈이건 물건이건 뭐든 생기면 그때 그 새댁의 은혜에 보답하는 뜻으로 나누어주는 게야. 헌데 말일세. 나눠줘두 나눠줘두 그때 그 새댁의 빚은 다 갚지 못할 것 같애. 오랜 세월 두구두구 그 새댁 복 많이 받으시라고 축원을 해주고 있네만, 그래두 역시 그 빚은 늘 내 마음속에 남아 있다네."

정말, 고암스님은 이런 분이었다.

자비보살의 화현 고암스님은 일본, 미국, 호주까지도 내왕을 하시며 부처님의 가르침을 널리 펴셨다.

스님은 팔십 고령이 되어서도 건강한 모습으로 동서 세계를 일주하면서 왕성한 활동을 하였다. 스님은 항상 '금가루가 비록 귀하지만 눈에 들어가면 병이 되느니라' 하는 뼈있는 말씀을 하시어 제자들을 옳은 길로 인도하는 데 주저함이 없었다.

스님은 본디 참된 마음을 지키는 것이 시방세계 부처님을 염(念)하는 것보다 나으니라, 청정하면 국토도 청정하느니라 하는 평범한 법문 속의 위대한 진리를 언제나 강조하였다.

그러던 1988년.

스님은 미국 산호세에 있는 한국 사찰에 설법을 하시러 가시는 길에 가벼운 교통사고를 당하셨다.

그후 곧바로 귀국하여 가야산 해인사 용탑선원에서 요양하시던 어느 날 저녁 고암스님은 제자들을 불러모으게 하였다. 고암스님은 빙 둘러앉은 수십 명의 제자들을 그윽한 눈매로 둘러보시더니 조용히 말했다.

"조심해서 살거라. 인과는 분명하니라."

그리고 슬며시 눈을 감는 것이었다.

"스님, 스님! 한말씀 해주셔야지요!"

제자의 간절한 목소리에 고암스님은 다시 눈을 떴다. 그의 입가에는 은은한 미소가 피어올랐다. 스님은 다시 한번 방안을 둘러보더니 이윽고 입을 열었다.

가야산에 단풍잎이 곱게 물들었으니
이로부터 천하의 가을이로세
상강이라 낙엽지면 뿌리로 돌아가니
구월의 보름달은 허공에 빛나느니라.
(迦耶山色方正濃
始知從此天下秋
霜降葉落歸根同
菊哦望月照虛空)

1988년 10월 25일 오후 8시 고암스님은 가야산 해인사 용탑선원에서 수많은 제자들이 지켜보는 가운데 열반에 드시었다. 세수 90이요, 법랍은 70세. 온 종단의 애도 속에 고암스님의 다비식을 마치고 났을 때 붉은 낙조가 가야산을 넘고 있었다.

고암스님의 문도 70여 명이 해인사 서록에 탑을 세워 봉안하였고, 성철스님이 게송을 지어 바쳤다.

가야산에 달이 밝고
홍류동에 물 흐르니
이상한 새가 울고
짐승이 뛰는구나

자비가 무한하시니
온 세상을 덮으셨고
계행이 청정하사
삼한에서 뛰어나셨네

거듭 종정을 지내셨으니
사부대중이 우러러 보고
일생동안 계법을 전하사
만인이 받들어 행하는도다.
별빛 같은 존재시어
온 세상을 삼키셨네
옛날에나 지금이나
누가 감히 따르리오

훌쩍 왔다 떠나시니
수미산은 높고 높아
빙긋하고 웃으시니
창해가 망망하도다.

일거수 일투족에

하늘은 높고 땅은 두터우며
한말씀 이야기 속에
번개불이 번쩍하네.

아아!

곤륜산 마루턱에
홀로 우뚝 스셨으니
상서로운 구름 하늘에 가득 차
오색빛을 놓는도다.

자비보살의 화현 윤고암스님의 문하에서는 석경, 운해, 정봉, 국봉, 삼원, 송월, 효산, 범주, 보광, 대원, 효경, 중천, 수복, 동호, 청수, 보혜, 정원, 장산, 대원, 지월, 봉률, 성학, 순민, 백담, 종원, 일선, 성면, 정호, 장춘, 호봉, 화선, 영봉, 혜경, 동조, 정화, 인봉, 경태, 능성, 제원, 정선, 효원, 진호, 법화, 용봉, 성묵, 효공, 법현, 문봉, 정일, 우다, 성안, 해촌, 도오, 태우, 운주, 동봉, 법성, 동운, 종호, 정우, 춘담, 화진, 효성, 하봉, 도경, 성진, 길산, 성담, 태원, 현각, 인성, 남허, 동령, 동원, 월인, 성주, 성우, 태호, 청청, 성욱, 성준, 강록, 경덕, 원광, 원철, 춘산, 종원, 성우, 성련, 현진, 선효,

법안, 수송 등 기라성 같은 제자들이 오늘까지도 스승의 자비로운 가르침을 이어나가고 있다.